U0019552

FOUR SEASONS IN ROME

羅馬四季

安東尼·杜爾

施清真——譯

ANTHONY DOERR

獻給亨利與歐文

雨水飄落，雲朵飛揚，河流枯竭，暴風雨夾帶冰雹橫掃而下；日光焦燙，燒灼大地，直搗世界中心，而後碎裂退卻，帶走被它們吸取一空的水氣。蒸氣自高空俯降，而後飄升高空，起起落落。寂寥的大風橫掃而下，而後重返空中，帶走它們掠奪的獵物。種種生靈探向高處擷取氣息；但是大氣卻朝向低處奮進，大地吐納，大氣源源不絕地注回空中，宛若飄向一片真空。大自然有如鞦韆般左右搖擺，世間隨之動盪，引發傾軋與喧擾。

——老普林尼，西元七十七年，《博物誌》

秋季

義大利之行迫在眉睫。我們列出一張張清單——尿布、嬰兒床具組、閱讀小燈、嬰兒奶粉、兩打 Nutri-Grain 高纖穀物棒。我們一輩子從來沒有吃過高纖穀物棒，這會兒卻忽然覺得隨身帶著幾條似乎相當重要。

我盯著我們那本簇新的袖珍版《義英字典》，心中焦慮不安。「這是我的護照」，字典裡有沒有這一句？或者「我到底在哪裡可以買到嬰兒專用的濕紙巾」？

我們假裝鎮定，兩人都不願多想明天即將帶著六個月大的雙胞胎擠上巨無霸空巴，攀上三萬七千里的高空，在機上度過十四小時。我們反而拉上背包的拉鍊，然後又把拉鍊拉開，卸下嬰兒車的輪子，研究 Rick Steves 網站上微小、朦朧的聖彼得大教堂。

博伊西下著雨；丹佛刮著風。飛機以每小時六百公里的速度疾馳越過大氣對流層。歐文躺在我們雙腳之間的一堆毯子裡沉睡。亨利倚在我的臂彎裡好夢方酣。飛機橫越大西洋，空中出現亂流；艙壁猛烈搖晃，玻璃杯叮噹作響，機艙廚房的彈簧鎖開了又關。

我們正從愛達荷州首府博伊西遷往義大利羅馬。我從來沒有去過羅馬，一想到義大利，我的腦海中始終浮現頹廢衰敗的景緻、色彩深褐的油畫、足蹬綁帶涼鞋的君王。我看到一個古羅馬競技場的剖面模型，模型用方糖和膠水製成，是個學校的作業；我看到一個天藍色與白色的肥皂碟，碟子購自佛羅倫斯，一角有個缺口，過去三十年來，我媽始終把碟子擱在浴室的水槽邊。

但最清楚的影像莫過於一本名為《古羅馬》的著色書，這本書是個聖誕禮物，那時我七歲大，時值聖誕夜，雪花撲打玻璃窗，樓下有株閃閃發亮、忽明忽暗的聖誕樹，蠟筆散置在地毯各處，書中兩個小嬰孩倚著一頭母狼吸吮奶水，凱薩頭戴草葉繁茂的皇冠，咧嘴一笑，一個扭扭捏捏、瞳孔圓睜的少女手執水罐，站在噴泉旁邊擺好姿勢。不管那時羅馬在我眼中是什麼模樣，現在依然朦朧不清。我依然隱隱看到大象和古羅馬格鬥士，背景是帶著卡通色彩的宮殿，我也依然感覺自己選錯了每一個顏色，為戰車塗上碧綠，為天空塗上霓金。

前方椅背的電視螢幕上，我們這架小小的飛機一閃一閃地越過馬賽和尼斯。一瓶嬰兒牛奶斜斜擱放在座椅的置物袋中，牛奶浸溼了布面，一滴滴落在我的隨身行李上，但我不敢伸手扶正，生怕吵醒沉睡中的亨利。機上放映了一部琳賽・蘿涵的電影和兩集《大家都愛雷蒙》，播映期間，我們已從北美飛至歐洲。機外的氣溫是華氏零下六十度。

計程車把我們載到一棟宏偉的建築物之前：灰泥石板牆，正面五扇大窗，樓梯兩側各有一排修剪整齊的灌木。門口的管理員在鞋底捻熄他的香菸，用英文說：「你們就是那戶有一對雙胞胎的人家？」他跟我們握握手，交給我們一副鑰匙。

我們的公寓在這棟豪宅旁邊的一棟樓房裡。樓房的正門高達三公尺，鐵鑄的門面布滿上千道刮痕，看起來好像一群凶猛的野狗始終試圖闖進中庭。鑰匙一插，鐵門開啟；我們發現入口在樓房的一側。雙胞胎睜大雙眼，從他們的汽車座椅抬頭觀望。我們把他們抱進一個狀似鐵籠、兩側木門朝內開啟的電梯。電梯卡搭卡搭地攀升，晃過兩層樓。我聽到鳥雀鳴叫、卡車煞車。鄰居們重重踏步，走過樓梯井；一扇門砰地關上。隱隱傳來孩童們的話語聲。三層樓之下的正門發出鏗鏘巨響。

我們打開公寓大門，眼前出現一個狹長的走廊。我慢慢在走廊上堆滿行李，我太太蕭娜抱著兩個小寶寶走進公寓，公寓寬敞，遠超過我們所奢求：兩間臥房，兩間浴室，嶄新的櫥櫃，高達三．六公尺的天花板，隔音效果欠佳的磁磚地板。一張陳舊的桌子，一張天藍色沙發。冰箱藏放在一個餐櫥櫃裡。牆上掛著一張海報，海報中七八艘平底船緩緩越過港口，遠處一座朦朦朧朧的廣場，整棟公寓只有這麼一件藝術品。

露臺是公寓最難能可貴的珍寶，廚房角落有個窄門，走出去才是露臺，好像建築師到了最後一刻才意識到這裡需要一個出入口。露臺高踞樓房的正門之上，寬達九公尺，高達十五公尺。由此遠眺，我們可以看見樹梢之間、宛若拼圖的羅馬：陶瓦屋頂，三、四個圓頂，一座雙層鐘樓，零零星星、青蔥翠綠的陽臺花園，一切都是如此朦朧、奇妙、難以想像。

空氣潮溼溫暖。其實說來，甚至帶點高麗菜的氣味。

「這是我們的？」蕭娜問。「這整個露臺都是我們的？」沒錯。除了我們廚房那道窄門，沒有其他入口通往露臺。

我們把小寶寶抱到兩張不同款式、看來不太安全的嬰兒床上，一隻蒼蠅緩緩飛過廚房，我們分食一條高纖穀物棒，吃下五小包蘇打餅。我們搬到了義大利。

接下來的這一年，我將是羅馬美國學院（American Academy in Rome）的研究員。學院沒有學生，也沒有教職員，只有一小群藝術家和學者，每一位都獲得一年的時間，定居羅馬從事研究。

我是文學組的研究員。我只需提筆書寫，甚至不必對任何人展示我寫了什麼。學院提供一間研究室、一副這間公寓的鑰匙、兩張浴室踏腳墊、一疊每星期四定時更換、漂白洗淨的毛巾、每個月一千三百美金的生活津貼。我們的公寓位於雅尼庫倫山丘（Janiculum Hill），此處綠樹成蔭，一棟棟別墅沿著山坡爬升，延伸數百公尺，還有一道年代久遠、具有幾百年歷史的石階，直通其下的特拉斯特維雷區（Trastevere）。

我站在露臺的一把椅子上，試圖從遠方一棟棟有如迷宮的建築物之中找出臺伯河，卻看不到任何船隻和橋梁。根據博伊西公共圖書館的一本旅遊指南，特拉斯特維雷區一帶相當迷人，四處都是前文藝復興時期的教堂、中世紀的巷道和夜店。我只看到霧濛濛的屋頂和樹梢，依稀聽到車輛往來。

窗外一株棕櫚樹誘捕了夕陽。廚房水槽漏水，滴答作響。我們並未申請這筆獎助金；我們甚至沒聽過這種獎助金。九個月之前，我們接到美國藝文學院的來函，信中告知一個匿名委員會提名我的作品。過了四個月，我們接到另一封信，告知我們贏得這筆獎助金。當我站在我們公寓門前一灘溼答答的積雪中，發現信箱裡擺著這封信，蕭娜還在醫院裡，我們的雙胞胎兒子才十二小時大。

我們的馬桶有兩個沖水按鈕，一個比另一個大兩倍。我們討論了一下：我辯稱兩個按鈕控制的水流量不相上下；蕭娜說比較大的按鈕是為了上大號而設計。

離家在外時，最讓我們感覺自己身處異鄉的始終是一些細微處，此時也不例外。窗戶沒有紗窗。街上此起彼落的警笛聲降低一個音階。我們那具紅色塑膠電話的撥號聲也是。小解之時，我們的尿液濺落在陶瓷器皿，而不是清水之中。

浴室的水龍頭標示著C和F，然而C代表*calda*，意思是熱水，不是冷水。冰箱跟一個啤酒冷藏機差不多大小。流理臺上方的牆壁冒出一截鋼筋扳手，扳手上沒有任何標示。瓦斯開關？熱水開關？

學院借給我們的嬰兒床沒有護欄，也沒有床單，但有幾個厚約二．五公分的長方形泡棉，泡棉裹上棉質護套，我們判定它們肯定是枕頭。

洗碗精聞起來像是醃鹹檸檬。蚊子體型比較碩大。臥室裡沒有固定在牆上的櫃子，反而有幾個龐大、帶著霉味的活動衣櫥。

蕭娜四處搜尋這個即將成為我們廚房、餐廳兼客廳的三角形區域。「這裡沒有烤箱。」

「沒有烤箱？」

「沒有烤箱。」

「說不定義大利人不用烤箱？」

她瞪了我一眼。「他們發明了披薩。」

再過十五分鐘就是半夜，微波爐的電子鐘顯示23:45。一到半夜，電子鐘將如何顯示？0:00？

第一個晚上，我們大約半夜就寢，但是雙胞胎凌晨一點即起，兩兄弟在陌生的嬰兒床裡大哭。蕭娜和我在走廊上擦身而過，各自輕聲哄騙懷裡的小寶寶。

何謂時差？雙眼乾澀，脊骨鬆動。起床時人在博伊西，就寢時人在羅馬。羅馬是露臺欄杆遠處的朦朧黑影。濟慈、拉斐爾和聖彼得的屍骨在羅馬某處腐化。半公里之外，教宗好夢方酣。歐文對著我眨了一下眼睛、小嘴一張、眉頭一皺，好像魂魄仍在大西洋上空的某一處，試圖追上他的軀體。

等到公寓裡再度盈亮，我們一家四口依然尚未闔眼。我們需要現金，我們需要食物。我重新組裝我們的嬰兒車，奮力拖拉下樓。蕭娜把雙胞胎抱進車裡，繫上安全帶。正門外面的人行道朝向左右兩側伸展。天空陰晴不定，潮溼悶熱；一部小車颼地駛過，幾個塑膠袋隨之飛舞。

「左邊的交通比較繁忙，」蕭娜說。

「交通繁忙是個好現象嗎？」

「說不定表示較多商店？」

我試圖抗拒這種邏輯，這時，我們身後冒出一個鄰居。這人身材嬌小、一臉雀斑、看起來頗具威權。她是美國人，名叫蘿拉，先生是羅馬美國學院造景建築組的研究員。她剛送小孩到公車站搭車上學，現正清理家中的資源回收，順便買些碎牛肉。

她帶著我們朝左邊走。我們沿著人行道走了五十步，來到「聖潘克拉奇歐城門」（Porta

San Pancrazio），這座城門是古羅馬的禦敵城牆，四條街道在龐大的灰泥拱門下交會。街上沒有停止前進的號誌，一部部小車推擠前進，人人尋找空隙停車。一部市公車加入車陣，隨後出現一部堆滿家具的載貨卡車，後面跟著兩部機車。人人似乎朝著同一條巷子緩慢移動，一旦擺脫壅塞的交通，車子馬上疾馳於停放在左右兩側的車輛之間，飛快離去，側鏡要麼收起，要麼已被扯落。

蘿拉一路不停閒聊，好像今天跟往常沒什麼不同，好像我們並非快要過不下去，好像羅馬是辛辛那提。這裡到底有沒有行人穿越道？喇叭震天價響。一部計程車幾乎擦撞嬰兒車的前輪。「你們搭哪家航空公司？」蘿拉大喊。蕭娜說：「老天爺啊。」我好想抱著雙胞胎蹲到排水溝裡。

此時一部機車擠進混亂的車陣（蘿拉告訴我們，機車的義大利文是*motorino*），騎士把一株一公尺高的香蕉樹連同陶盆擱在雙腳間的小平臺上，搖搖晃晃地試圖保持平衡，機車駛過時，樹葉劈劈啪啪拍打他的雙肩。

蘿拉昂首闊步地穿越十字路口，用力把資源回收的物品扔進幾個桶子裡，然後指指街道另一頭的商店。她氣定神閒，宛若一座沉靜的小島，自在得令人難以置信。我憂慮擔心：我們可以如此高聲交談嗎？而且講英文？

雙胞胎靜悄悄。天氣炎熱。一棟棟樓房高高聳立在商店上方，數百個種滿天竺葵、椰棗樹、番茄的小陽臺。小酒館外，青少年啜飲玻璃杯裡的咖啡。身穿藍色連身褲和短筒軍靴的男人們站在銀行前面，腰間繫著手槍。我們走過一家飛雅特的代理中心，門面跟隔壁的美容院差不多大。我們走過一家披薩店；玻璃櫥窗後面有個老先生，慢條斯理地拔下節瓜末端的花朵。

我在藥妝行的嬰兒食品區搜尋任何認得出來的商品，我看到一個個畫著白兔和綿羊的標籤，更可怕的是，有些標籤上面甚至畫著小馬。

「在義大利啊，」蘿拉說，「『我漂亮的小馬』是一個點心的品牌。」

她幫我們找到一個提款機；她告訴我們哪裡購買可拋式尿片。她為我們釐清附近鄰里的正確名稱：「特拉斯特維雷區在我們後方，順著石階走下去。雅尼庫倫只是山丘的名稱，我們這一區，也就是我們現在走來走去的街道，其實叫做『蒙特韋爾德』（Monteverde）。」

「蒙特韋爾德，」我練習發音。翠綠的山丘。離開之前，蘿拉為我們指出蔬果市場的方向。「*presto*，」她說[1]，我一聽馬上伸手取出我的外來語常用字彙手冊。*Prestare*？給予？

說完她就掉頭離去。我想到《神曲》的煉獄篇，但丁轉頭想跟維吉爾說幾句話，卻發現維吉爾已經不在那裡。

在蔬果攤位前，你不該伸手碰觸蔬果——我們費了一番功夫才學到這一點——你應當指指 *insalatine*[2] 和 *pomodori*[3]，等候商家把它們放到秤上。肉店老闆把雞蛋擱在敞開的紙盒裡，任陽光曝曬。各種肉類完全沒有標價；我指指某一塊粉嫩、無骨的鮮肉，暗自祈求好運。

Kit Kat巧克力夾心棒的包裝紙不是橘紅色，而是紅色。吃起來口感較佳，水梨也比較可口。我們狼吞虎嚥地吃下一個，梨汁泌泌流下，濺滿嬰兒車的蓬頂。還有番茄——我們買了十二顆，裝在紙袋裡，彷彿散發出陽光。

雙胞胎吸吮小餅乾。我們緩緩前進，悄悄走過陽光與陰影。

從市場過兩個馬路，在一條叫做四風街（Quattro Venti）的街上，麵包店的香味飄送到人行道。我鎖上嬰兒車的煞車，拉開店門，踏入吵吵嚷嚷的人群之中。人人你推我擠；剛走進店裡的顧客們彎腰側身，扭來扭去，擠向櫃檯。我應該拿個號碼牌嗎？我應該大聲叫喊我要買什麼嗎？我絞盡腦汁回想我所知的義大利字彙：我花了四百美金，在博伊西上了八個下午的貝立茲語言課程，這會兒卻只記得*tazza da tè*。茶杯。

譯注

1 不遠、很快。
2 生菜。
3 番茄。

一個唇邊點點細鬚的女人擠向我，我的下巴幾乎貼在她的髮間。她聞起來像是過期的牛奶。一條條麵包從我頭頂上傳來傳去。我會說*ciabatta*[4]。我會說*focaccia*[5]。我望向櫃檯後面，只見幾個義大利人穿著短褲，足蹬白色球鞋，踏著沾了麵粉而滑溜溜的磁磚地板，輕盈飛快地四處走動。我被人群擠到角落。剛進門的顧客們往前遞出鈔票，買到他們要的東西。

罌粟籽，黑芝麻籽，一團皺巴巴的蠟紙。我簡直是磨石下的一顆穀粒。我可以看到玻璃門外的蕭娜對著雙胞胎彎下腰。雙胞胎高聲尖叫。人人蜂擁上前。怎麼說來著？*Scusi*[6]？*Permesso*[7]？我們沒有麵包也活得下去。若是情非得已，一年不吃麵包也沒關係。我低下頭，拚命擠出麵包店。

麵包店不是唯一的挫敗。我走進一家五金行，四下張望，想要找個鑰匙圈，但是老闆站到我面前，雙手交握，急於提供協助，我卻不知道怎麼說「鑰匙圈」或是「我只是隨便看看」，因此我們一語不發，面對面地呆站了一分鐘。

「*Luce per notte,*」我終於擠出一句。「*Per bambini.*」雖然我不是來這兒買孩童用的夜燈，他卻拿了一盞讓我看看，而我也花錢買下。鑰匙圈不急，等我帶著字典過來再說吧。

根據之前必須送交學院的簡短研究摘要，我之所以來到羅馬，目的在於繼續撰寫我的第三本著作，也就是我的第二部長篇小說，小說描述一九四〇到一九四四年間，納粹德軍占領下的一個諾曼第村莊。我帶來五十頁左右的草稿、一些B-17轟炸機投擲砲彈的照片、一大疊信手捻來的筆記。

我的研究室位居我們公寓旁邊那棟宏偉的建築物之中，也就是靜謐、壯觀、氣勢宏偉的「羅馬美國學院」。隔天雙胞胎午睡，我初次在羅馬獨享整整一下午的空閒，趁此機會，我走過寬廣的正門，朝著小亭裡的警衛揮揮手，帶著我的筆記簿，走上正門的臺階。左邊有個箭頭指向「辦公室」；右邊有個箭頭指向「圖書館」。中庭鋪滿碎石，處處皆是茉莉花。一個噴泉悄悄涓流。我對一名身穿黑色運動衫、雙眼布滿血絲、臂膀沾滿油彩的男子點頭致意。

二三五號研究室是個長方形、天花板高聳的房間，名為「湯姆・安德魯斯研究室」，以

4 巧巴達麵包。
5 佛卡夏麵包。
6 抱歉、對不起。
7 借過。

茲紀念這位跟我一樣同為文學組研究員，罹患血友病辭世的詩人。他二〇〇〇年在此寫作；二〇〇二年與世長辭。他的研究室擺著兩張桌子、一張小床、一張椅墊露出棉絮的辦公椅。

我聽說湯姆・安德魯斯曾經連續拍掌十四小時三十一分鐘，創下世界紀錄。他第二本著作的頭一句是：「願主耶穌賜福血友病患的摩托車」。

我一邊跟他講話，一邊輕輕搬移家具。

「湯姆，」我說，「我抵達義大利已經二十小時，但只睡了一個鐘頭。」

「湯姆，」我說，「我把三本書擱在你的書架上。」

湯姆・安德魯斯研究室的窗戶高達兩公尺，望出去是學院後方占地一・二公頃的綠樹與草坪，窗外有株高大的義大利傘松，樹幹巨大高聳，從窗臺到樹頂說不定甚至四公尺，將窗外的景觀一分為二。

我注意到附近處處矗立著這些大樹：樹幹直衝雲霄，毫無枝幹；樹頂高聳，剖分為一叢叢青綠的樹冠，彷彿神經元的頂蓋。其後數月，我聽到大家將這些大樹稱為義大利松、羅馬松、地中海松、石松、傘狀松、雨傘松——其實都是同一種松樹：*Pinus pinea*。這些華麗、氣派、令人讚嘆的大樹兼具蠻橫嫻靜之美，好像一個個睡姿端正，但夢境紛擾的王子。

六株傘松矗立在對街的領事館後方；沿著學院草坪的石牆也有一排傘松，樹梢漫過這座具有三百六十年歷史的石牆。我從來沒想到羅馬會有這種樹木，這麼一個人口三百萬的城市，居然會是一座生氣盎然的花園，人行道的縫隙青苔蔓生，垂掛在拱門之間的常春藤宛若溪流般輕輕搖擺，古老的城牆覆滿濃密的驢蹄草，教堂的尖塔冒出百里香的嫩芽。今天早上，鵝卵石有如覆上一層海草，油亮而滑溜。蘿拉陪同我們走過的街道，一株株綠竹悄悄在住家的中庭窸窣搖動；松樹矗立在棕櫚樹旁，柏樹矗立在柑橘樹旁；我看到錄影帶出租店外面人行道的縫隙之間，長出一簇茂密的薄荷葉。

我帶來的三本書，其中一本講述納粹占領下的法國，因為我正在撰寫這方面的的小說。另外一本是《博物誌》（*The Natual History*）的精選輯，因為根據書封，這部老普林尼的著作闡述西元一世紀羅馬人眼中的大自然。第三本是樹木實用指南，書中只花了半頁描述傘松。樹皮灰褐分裂；鱗片般的樹皮時常脫落，露出一塊塊淡褐的斑駁。

一株枝葉繁茂的核桃樹，一片橄欖樹林，菩提樹，野蘋果，布滿迷迭香的樹籬。圍繞著這些花園的石牆高達九公尺，磚石隨著歲月泛白，上半端布滿石弩刺穿的圓孔，牆垛雜草蔓生。早在人類發現電力之前，早在窗外的傘松甚至還不是一個毬果之前，當雅尼庫倫山丘的夜空跟世間各地的天空一樣布滿點點繁星，伽利略就在這座花園裡、就在我這扇窗戶下方，組裝一副全新的望遠鏡，為賓客們展示種種天象。

四十五公尺之外、我們的公寓之中，蕭娜跟雙胞胎奮戰。我想著歐文東張西望的頭顱和亨利圓滾滾的雙眼。「他們真是奇蹟，」我告訴湯姆．安德魯斯的鬼魂。他們的生命源自比這個句子的句點更小的細胞——而且比句點微小多了——轉眼之間，兩兄弟居然長得這麼大，聲音居然這麼宏亮，襯衫的前面被口水浸得溼淋淋。

我翻開一本筆記簿，翻到空白的一頁，試圖書寫心中的感恩與驚嘆。

我們拿一個凹損的平底鍋煎豬排，用玻璃水杯喝酒。雙胞胎整夜沒睡，在陌生的嬰兒床裡啼哭。凌晨十二點四十分，我餵亨利喝奶（微波爐的電子鐘顯示0:40），拿條嬰兒毛巾包住他，終於哄他入睡。然後我在沙發上躺下，枕著一疊尿片，兩條沾了口水的棉布好像餐巾紙似地鋪在身上；我們唯一的一條被子在臥房裡，蓋在蕭娜身上。十分鐘。二十分鐘。何必白費精神？反正歐文快醒了，我連作個夢都沒時間。

從西班牙出航之際，哥倫布在日誌裡寫些什麼？「最終而言，若說我為了達成此行的目標而放棄睡眠，全心專注於航海，倒也恰當。」

凌晨兩點，亨利又醒了。凌晨三點，歐文也醒了。每次睡到一半醒來，我總得花整整一分鐘才想起我已經忘記的事情：我當了爸爸，我們搬到了義大利。

我整夜抱著嚎啕大哭的亨利或是歐文走到露臺上。空氣溫煦，觸鼻清香，放眼望去，星光灼灼，遠方綿延的山丘，漸漸覆上閃亮的星光。

「*Molto, molto bella,*」[8]計程車司機羅伯托把我們一家四口、七件帆布袋、二十公斤的嬰兒車從機場送到這裡，沿途一邊開車，一邊跟我們說。他鬍渣點點，隨身帶著兩支手機，雙胞胎一發出聲響，他就嚇得一抖。

「*Non c'è una città più bella di Roma.*」他說。沒有一個城市比羅馬更美。

抵達義大利之後的第二個早上，我們推著嬰兒車走出正門，朝右前進。雙胞胎嗚嗚抱怨；車軸嘎嘎晃動。小小的車輛呼嘯而過。我們轉個彎，鏈狀鋼絲的藩籬讓位給一處處樹籬，再往前走，樹籬匿跡，眼前出現一座大理石和花崗岩雕成的大噴泉，我們張口結舌地繞了一圈，走到噴泉的正前方。

噴泉的六柱牆面高聳入雲，有如樓房一樣龐大，清水從牆面的五個壁龕源源湧出，流進一個半圓形的淺池。七行拉丁文自左至右、龍飛鳳舞地刻在噴泉正面，半獅半鷲的怪獸與兀鷹高踞柱頂。我們日後得知，羅馬人直接將之稱為「*il Fontanone*」。大噴泉。這座宏偉的噴泉完成於一六九〇年，花了七十八年興建。石灰華似乎閃爍著光芒；感覺好像燈火被嵌進岩

8 美極了、美極了。

石之中。

對街是另一個令人讚嘆的奇景：一排欄杆，幾張長椅，由此俯瞰，整個羅馬盡收眼底。我們東閃西躲過馬路，推著雙胞胎來到欄杆旁。羅馬全景一覽無遺：成千上萬個屋頂，不計其數的教堂圓頂、鐘塔、宮殿、公寓；一架飛機緩緩由右側飛向左側；整座城市沿著平原延展。一個個小鎮和一座座銀白的山丘，有如絲繩般出現在地平線的一端。我們低頭一看，放眼望去盡是一縷縷泛藍的煙霧，好像羅馬沒入湖中，微風輕拂，吹皺了湖面。

「這個美景，」蕭娜輕聲說，「距離我們家只有四十五公尺。」

噴泉在我們後方轟隆作響。羅馬在我們下方盤旋迴繞。

沿著街道往前走是一座教堂、一個小廣場和一個石階步道。石階蜿蜒而下，階面陳舊滑溜，乾枯的落葉布滿斜斜的過渡平臺，窸窣作響。我抓著嬰兒車的前端；蕭娜抓著後端。

她問：「你準備好了嗎？」

「我想我行。妳呢？」

「我想我行。」

但是誰知道我們行不行？我們邁步往下走。嬰兒車重達二十公斤；兩兄弟各約七公斤。每走一步，感覺似乎更加沉重。走了大約二十階，前方出現四、五個相連的坡道，然後是更多階梯。汗珠從我的鼻尖滴下。我的手掌溼滑。嬰兒車隨時可能從我手中滑落，蹦蹦跳跳往下翻滾，愈滾愈快，飛速翻轉，在一部公車之前轟然迸裂。

我們一步步往下走，深入未知之境。坡道兩旁一座座耶穌受難像。頭戴荊冠的耶穌。背負著沉重十字架的耶穌。有人在第十二座受難像旁邊擺了一束粉紅的玫瑰花：我將我的靈魂託付您的手中。

石階階底矗立著一座拱門，拱門直通一條車輛熙攘的大街。亨利開始大哭。我們彎彎扭扭地前進；我們屏息往前衝。「青蛙過街！」蕭娜幾乎喘不過氣，對著我咧嘴一笑[9]。

車輛漸漸減少。我們把奶嘴塞進亨利嘴裡。特拉斯特維雷區處處可見中世紀的屋宅、曬衣繩，以及似乎永不歇止的噴水池。小巧的汽車停在擁擠得令人難以置信的停車位。一棟樓房前面停了大約八十部機車，把手緊貼著把手，排成一列；我忽然想要踢一踢，看看整排機車會不會接連倒下。

凱撒曾經住在這一區。埃及豔后克麗奧佩特拉也曾在此居住。每一個與我們擦肩而過的羅馬人都對著雙胞胎微笑。*Gemellini*，他們說。小雙胞胎。有些人喃喃說著*piccinini*。或是*Che porcellini*？小豬？

西裝革履的男士們朝著嬰兒車彎下腰，輕聲逗弄。上了年紀的老先生們更是親切。

9 Frogger，一種電玩，玩家操控一隻小青蛙，穿越奔馳的車輛。

carini。*Che belli*。好可愛。好漂亮。就算嬰兒車擠滿高聲嘶吼的斑馬，也不可能招致更多人的注意。

我們迷路了。蕭娜在鵝卵石小徑旁幫小寶寶換尿片，我趁機研究地圖。這裡是「五巷」（Vicolo del Cinque），還是「聖科斯馬托廣場」（Piazza San Cosimato）？我走進一家麵條專賣店，店裡的玻璃櫥櫃擺著一堆堆環形的義大利小麵餃、一條條義大利寬麵，我總算設法買到一公斤義大利方麵餃，麵皮橘紅，沾著一層薄薄的麵粉，裡面包著南瓜泥和新鮮香濃的瑞卡達起司。「*I suoi bambini,*」老闆一邊跟我說，一邊直視我的雙眼，看我聽不聽得懂。「*Sono belli.*」你的小寶寶，他們真可愛。

我拿著紙袋走回街上，感覺志得意滿。微風沙沙吹過巷尾一排槐樹的樹梢，小小的落葉飄過我們身旁，有如一陣金黃色的狂風。我望向一戶人家的門口，瞥見一間微暗的廚房，白色的牆上掛著一個個黃銅平底鍋，一個女人凝視水槽，隱匿於熱騰騰的蒸氣之中，頭髮高高盤起，紮成一個複雜的髮髻。

六十小時之前，我還在博伊西的大型超市購賣紙尿片，現在我卻站在一個競技場的廢墟旁，約莫兩千年前，奧古斯都皇帝經常移駕至此，操演海軍戰事。我們盯著一間間服飾店和一家書店，試圖想像三層槳座的皇家戰船，輕飄飄地滑過我們頭頂上方。

蕭娜問：「我們該回家了嗎？」我起先以為她說的是愛達荷州，但她只是指指我們後面那片青綠的山脊——望過一個個屋頂，正是圓弧聳立的雅尼庫倫山丘。落葉如流水般掃過我們腳邊。歐文倚著嬰兒車的繫帶打了個呵欠。亨利吸吮他的奶嘴。

我們衝過輛公車颼颼來回的大街。我們邁步爬上石階。我們沒看到半個胖子。

我們家的兩兄弟是異卵雙胞胎。亨利的髮色金黃，帶點雪白，黃褐色的雙眼，皮膚白皙，下顎中央有一道小溝，伸手抓取東西時，他會雙眼圓睜，雙唇噘起。他喜歡抓起東西搖來搖去——塑膠湯匙、絨毛動物搖鈴——看看會不會發出聲響。溼氣一重，他的頭髮就鬆垮垮地亂翹，耳朵裡冒出亮橘圓滾的耳屎。

歐文的頭髮比較濃密，髮色有如上了漆的胡桃木。一下子怎麼勸都勸不聽，一下子卻吃下一整瓶攪混均勻的水梨，像個瘋子一樣咧嘴大笑。他不肯睡覺。他凌晨三點在尖叫聲中醒來；清晨五點就再也不肯闔眼。

為什麼歐文不肯睡覺？蕭娜和我已經強撐著睡意，來來回回爭辯多次。脹氣？時差？義大利？養育小寶寶就像把一個吵吵鬧鬧、口齒不清的外國人帶進家裡，而且試圖猜測他喜歡吃些什麼。我們漸漸確信我們沒有看出某些明顯的徵兆，比方說木頭的尖刺、起疹子，或是過敏，經驗豐富的爸媽花一分鐘就判辨得出這些毛病。

「你知道我覺得問題出在哪裡嗎？」蕭娜問。「臥室的窗口太透光。」

因此，抵達羅馬之後的第四個晚上，當就寢時間過了十分鐘，兩兄弟卻依然不肯睡覺，我撕開裝尿片的紙箱，爬到第二間浴室外面，高高站在人行道上方十五公尺的窗臺上，把窗戶的四個方格全部貼上參差不齊的硬紙板。蕭娜推著歐文的嬰兒床走進浴室，把小床擠在浴缸和洗手槽之間，浴室立即成為臥室。我們一關燈，裡面幾乎伸手不見五指。

「說不定，」她邊說，邊拿著奶瓶餵歐文吃奶。「這下他會睡覺。」

他果然睡了。我們可不。我眼睜睜地躺著，感覺地球在我床底下進行浩大的公轉。

什麼是羅馬？雲朵。教堂的鐘鈴。遠處刺耳尖銳的鳥鳴。昨日的特拉斯特維雷區，一個身穿黑洋裝的女孩坐在噴泉邊緣，手執一枝六十公分長的亮藍羽毛筆，低頭在一本真皮筆記簿裡草草書寫。

我們碰見一些學院的研究員。莫拉是個學者，專門研究拉丁史詩，哈洛德原本是個律師，後來轉行作曲，還有一位名叫賈姬的抽象派畫家。許多研究員通曉義大利語，其中幾位甚至是拉丁語學者。蘿貝卡研究某種獨特的馬賽克地磚，潔西卡鑽研一幅一五五一年的地圖，珍妮芙剖析羅馬的油畫如何描繪特洛伊之役的種種迷思，東尼專精貝尼尼（Gianlorenzo

Bernini）的陶瓦雕塑。有些人研究階梯，有些人研究鑰匙孔，羅馬似乎激發種種奧祕的熱情，幾年前，有位研究員花了整整一年鑽研一把中世紀的銅錢；另一位研究員花了兩年審視一一五〇年至一三五〇年帕爾瑪的市區發展。

我們碰見幾位看門的警衛：路卡、羅倫佐，以及一位頭髮斑白的美國僑民諾瑪姆。我抱著亨利走過頂樓的一間間研究室，走上學院的屋頂，這裡說不定比我們公寓的露臺高出十五公尺，應該是雅尼庫倫山丘最高聳之處，足以望過大噴泉頂端的鑄鐵十字，甚至似乎可以看到世界的邊境。時值傍晚，晚風呼呼吹過我們頭頂，羅馬看起來氣勢非凡，虛無飄渺。遠眺時，兩朵白雲緩緩分離，一抹陽光從縫隙之中傾瀉而下，橘紅色的夕陽如波浪般橫掃教堂的圓頂，撲撲打上公寓的屋側，在一塊潔白的大理石留下點點光影。大理石巨大高聳，我覺得應該是紀念統一義大利的維托里亞諾．艾曼紐二世石碑。

萬物煥發著金光。遠方的樹木搖擺晃蕩；遠處的石牆閃閃發亮。地平線一端的群山好像街燈一樣啪地大放光明，山影現形，峰峰分明，隱隱延展到遙遠的天際。

而後雲朵密合，一切再度陷入黑暗，群山只見側影，羅馬緩緩陷入一片陰暗。

晨間時分，我沿著學院二樓鋪了紅地毯的長廊往前走，匆匆經過幾十間研究室，試圖及早開始工作。研究室的門關著，那些沒有小孩的訪問學者和研究員在裡面休息，說不定是油畫家法蘭柯，或是建築師約翰。我打開湯姆．安德魯斯研究室的門鎖，拉開一扇大窗，老普林尼的《博物誌》、樹木實用指南、戰爭論述三本書安置在桌上；兩枝鉛筆在抽屜裡靜候；幾張小說草稿散置在小床上。

我在一面牆上貼滿照片，照片中的城市模模糊糊，聖羅（Saint-Lô）、德勒斯登（Dresden）、漢堡（Hambrug）全被砲彈夷為平地。我讀到盟軍轟炸德國，燒夷彈火光熊熊，有如煉獄，火神如此貪婪，甚至將樹木連根拔起，硬生生拉著人們撞穿屋牆，火舌一捲，火勢更加熾烈。窗臺之外，煙囪刺尾雨燕俯衝直下，飛過花園。我翻開一本筆記簿，削尖鉛筆。護壁板油漆剝落；一隻蜘蛛蹲伏在天花板一角的蛛網中。

有些早上，我的工作進度僅只如此。

我們在義大利住了一星期之後，兩個行人在距離樓下大門九十公尺之處被車撞死。我們的窗戶敞開，我正把一瓶嬰兒食品放進微波爐，忽然聽到砰砰撞擊聲。

那種聲音你一聽就知道沒好事。警笛聲隆隆作響，比往常更加頻繁。我們抱著雙胞胎下樓，站在路邊看著消防車、救護車、忙著拍照的保險公司人員。一部小小的標緻汽車撞上聖潘克拉奇歐城門的一角，這座巨大的磚石拱門就在我們街的街尾。

事發時，兩個行人正在穿越馬路。他們是一個十歲孩童的爸媽，小孩當時跟他們一起過街。肇事者是個七十多歲的美國觀光客，開著那部租來的標緻汽車遊覽羅馬。他和他太太已經送醫，兩人極度驚慌。那個小男孩也是。

過去一星期，我每天三番兩次推著亨利和歐文走過那個十字路口，昨天傾盆大雨時，蕭娜和我還把嬰兒車停放在聖潘克拉奇歐城門下，攤開地圖研究方向，大小車輛從我們四周淅瀝瀝地駛過。

到羅馬觀光，租部小型汽車，毀了一家人。這一刻如同任何一刻，但是任何一刻都可能遭逢巨變，事事為之改觀。這話或許了無新意，但是以為自己有此領悟是一回事，站在自家廚房、聽著事故發生，卻是另一回事。

整個下午我都想把雙胞胎從推車裡抱起來，緊緊摟在胸前。陽光滲穿花園裡的橄欖樹，落葉隨風飄揚，四風街的糕餅店沾染了躍躍生氣。夜晚時分，我把歐文高舉到空中，大喊一聲「瘋狂食人族」，作勢一口口咬他的小肚子，惹得他驚聲尖叫。

隔壁研究室的學者名叫萊茵．霍爾德，專精具有數百年歷史的財經史料，他一臉銀白的鬍鬚，神情非常和藹，而且始終一身燈芯絨。他用英文跟我說，花園裡有時飛來幾隻鸚鵡。你必須早一點來，他說，專心看著窗外。

鸚鵡？雙胞胎每天太陽還沒升起就醒來；我尚未錯過任何一次日出。大多時日，我覺得我們這個小家庭比雅尼庫倫山丘任何一位居民都早起。萊茵·霍爾德的研究室跟我的研究室俯瞰花園的同一個角落，但我從來沒看見任何一隻鸚鵡。

學院的告示板貼上傳單，召集大家前往濱海古城奧斯提亞（Ostia），參加某個叫做「羅馬大下水道」的觀光團。我應當曉得這些景點嗎？不管如何，報名表已經填滿姓名。一天中午，蕭娜和我帶著雙胞胎到學院用餐，中庭一角擺著六、七張桌子，我們四周坐著一個個研究員和學界人士，還有一位聲名顯赫、身穿皺巴巴亞麻上衣的訪問學者。

「……但是義大利正統園藝的生態系統遏制了……」

「……皮拉內西（Giovanni Battista Piranesi）的作品當然足以比擬……」

我們後面一張桌旁的某人——一位來自加州的古典學者——開口說話，我聽得清清楚楚：「你們還沒有參觀真理之口（Arch of Janus Quadrifrons）？」

亨利拿起湯匙在桌上敲打；歐文嘴裡的牛奶沿著下巴滴落。我們似乎從頭到尾錯失了什麼。我依然來不及阻止自己把「Pantheon」[10]說成「Parthenon」[11]。我們已在羅馬住了將近兩星期，卻依然尚未造訪梵蒂岡。

我們反而半哄半騙，把香蕉泥送到兩個兒子嘴裡，或是在辦公室外面站了十分鐘，等著向學院副院長琵娜詢問何處購買嬰兒床的安全護欄。

夜裡，市區乒乒乓乓，轟轟隆隆。汽車的警報器大作，遠處一列火車轉換車軌，飛雅特的引擎逆火爆鳴——凌晨兩點，有人在我們的窗戶下方施放一串鞭炮。凌晨三點，垃圾車輾過街道，扛起我們正門對面的垃圾箱，啪地一聲放回柏油路上。我們的公寓匯集奇怪的噪音；樓上住戶的椅腳吱吱尖叫，樓下住戶的大門砰地關上，女孩的笑聲清清楚楚地穿過我們床板後方的牆壁。即使雙胞胎靜靜沉睡，我也以為自己聽到他們醒來，猛然從床上跳起來。

我搖搖蕭娜的肩膀。「他們在哭嗎？哪一個在哭？」

她呻吟了一聲，繼續睡她的大頭覺。

六個月前，當雙胞胎剛從醫院返家，我們必須每隔三小時餵他們吃奶：三點、六點、

---

10 羅馬萬神殿。

11 雅典帕德嫩神殿。

九點、中午十二點、三點、六點、九點、半夜十二點，次次不可間斷。他們進食速度緩慢，蕭娜幾乎每天花八個鐘頭哺乳。歐文胃食道逆流，每隔幾小時就得服用幾滴善胃得（Zantac）。亨利必須被扣縛在一個錄影機大小的呼吸監視器上，他的呼吸一暫停，或是黏附在他胸前的二極體貼片一脫落，儀器馬上像個煙霧探測器一樣嗚嗚尖叫。醫生已經指示我們在他的牛奶裡加點咖啡。

剛當上爸爸的幾個禮拜，我恍恍惚惚墜入夢鄉時，總有一兩次被亨利的監視器嚇醒。儀器發出尖銳的聲響，小狗發抖地跳到牆角，蕭娜猛然坐起，我一邊張皇失措地爬下床，一邊心想：**他停止呼吸了、他停止呼吸了**，結果卻只發現亨利睡得好熟，一片二極體貼片鬆落，卡在他的睡衣裡。

如此過了一個月，我們累到記不得幫哪一個換了尿片，餵過哪一個吃藥，甚至忘了今天是星期幾。有些晚上，歐文從黃昏哭到清晨。有些晚上，我們裝了好多次奶瓶，換了好多次尿片，連著好多個鐘頭沒闔眼，以至於這些例行公事似乎蒙上執著與奉獻的色彩。凌晨三、四點，我經常睜著乾澀的雙眼站在亨利身旁，他仰頭盯著天花板，在那半睡半醒的一刻，他看來如此睿智、如此敏感，甚至像個上古的哲人。

亨利從來不哭，甚至連監視器的警鈴大作，他也不哭喊。他裹著毯子躺在嬰兒睡籃裡，毯子的末端冒出長長的導線，監視器的綠光一閃一閃，他一千八百克重的身軀動也不動，只有睫毛眨了眨，好像了解每一件我耗盡心力想要了解的事情；他母親的愛，他兄弟歐文永不歇止的哭嚎；他已經原諒我這個當爸爸的疏失；他是十幾個世代的精髓，我祖父、我曾祖父、我曾曾祖父的優點，全都收納在這副小小的骨架，流竄在他細瘦的肋骨之間。我經常抱著他站在窗邊，他仰望戶外的夜空，頸間青藍的微血管在撲撲跳動，圓圓的大眼睛不時緩緩閉上，我感覺周遭逐一消融，我們父子緩緩揚升，越過玻璃窗，越過樹林，越過層層交疊的大氣，飄入天空之外的境地。

偶爾神智還算清楚，我不禁心想：這樣不正常。在這段期間，我不該試圖寫書。

到了夏天，當他們已經三四個月大，兩兄弟漸漸睡得比較安穩。四小時，有時五小時，有那麼一兩次，兩兄弟甚至連睡六小時，這種情況極為少見，把我們嚇得半死。但是到了那時，一切都已太遲。長期徹夜不眠摧毀了我腦袋裡微小而不禁一擊的迴轉儀，沉睡休憩的世界已棄我於不顧。

我時常眼睜睜地躺著，床邊的時鐘一分一分往前輕跳，滴滴答答，滴滴答答，月光緩緩漫過窗格，我擔心雙胞胎會被他們的毛毯悶死，我擔心我第二本書遲遲尚未出版，我擔心我們九月即將搬到羅馬。我擔心我擔心過度。我嘗試服用安眠藥、做做運動、喝杯小酒。我嘗試不斷想著同一個字：**blue blue blue blue rain rain rain rain**。蕭娜有時主動提議，她願意——套句我倆所言——「拿她自己當作墊背」，自個兒徹夜照顧雙胞胎，但我依然眼睜睜地躺著，枕頭緊緊蒙住耳朵，一顆心隆隆狂跳。

你必須放棄試著入睡，唯有如此，你才得以墜入夢鄉。睡眠就像一道地平線；你愈努力划向它，它愈快退卻遠去。

現在我們已經搬到羅馬，我的第二本書也剛出版，我卻再度失眠。我瞪著天花板，我執槳划向地平線，我聽到哭聲，沒錯，一定是小寶寶在哭喊。我躡手躡腳，摸黑走到走廊另一頭，貼在雙胞胎的門外傾聽。安靜無聲。錯覺。鬼魅。

我們的第一場暴風雨：閃電襲向教堂圓頂，冰雹劈啪敲打露臺。清晨時分，空氣似乎比往常更明亮、更潔淨。晨光漫過花園，拽除青草之間微小的暗影，滲穿傘松的針葉。古老的城牆看似洗淨，幾乎嶄新：牆面布滿上千個盈黃的小小光點，藤葉蔓生，有如織錦，驢蹄草交錯，銀光閃閃。

我們走到梵蒂岡，路程比我們預期中近一點。我們沿著雅尼庫倫山丘的邊緣前進大約四百公尺，經過一座加里波底將軍（Giuseppe Garibaldi）的巨大雕像——這位十九世紀的大將軍坐在馬背上，英姿煥發——走過幾十座將軍副手的石塑半身像和一家兒童醫院。我們走下一條坡度陡峻的巷子，悄悄穿過一道拱門，繞過幾家百葉窗緊閉的餐館。聖彼得大教堂及其雄偉的廣場赫然出現在我們眼前：圓柱聳立的長廊環抱廣場，一排聖徒神情肅穆地沿著環形長廊聳立，矗立在正中央的巨型方尖碑投射出一道尖頂的暗影，蓋過浩浩蕩蕩的觀光客。雙胞胎睜著圓滾滾的大眼睛，安安靜靜。雙子噴泉清水四濺，咕嚕作響。我感覺自己喘不過氣，種種感受有如洪水般湧上心頭：廣場寬闊，人聲鼎沸；陽光穿過煙霧，縷縷而下；教堂巨大的圓頂似乎懸浮在正殿之上。注視之時，大教堂彷彿不斷擴展膨脹，添增另一層次。鄉野，大陸：廣場恍若大草原，大教堂恍若群山。群眾遊走其間，驚嘆，擁擠，熱氣騰騰。

那天傍晚，我們恍恍惚惚，坐在露臺上享用環形小麵餃。亨利在我的懷裡沉睡。漸趨暗藍的雲朵，接二連三地飄過夜空。

這是羅馬？還是夢境？

街燈一閃一閃地亮起。一條街之外，大噴泉矗立在市區上方，轟隆作響。當我把亨利抱進嬰兒床，窗外遠處，一座孤零零的教堂鐘鈴，鏗鏗鏘鏘地響起。

我們面試一位保母。我們在Wanted in Rome的網站上看到她的電話號碼。菲律賓人，經驗豐富，介紹函備詢，通曉英語和義大利語，應徵下午時段的工作。她輕輕敲門，進門之前脫下鞋子。她叫做塔希，她有個十四歲大的兒子，兒子留在菲律賓，母子已經兩年沒見面。

她穿了一雙天藍色的襪子。不到一分鐘，我們就問完所有問題。她坐在沙發邊緣，雙手捧著一杯開水。我們還得問她什麼？

「我們一星期大約兩、三個下午需要保母，」蕭娜說。「晚上偶爾也得請保母幫忙。我們想到市區逛逛。我們甚至還沒去過古羅馬競技場。」

塔希也沒去過競技場。她已經在羅馬工作了兩年，先前幫一個老先生換尿片，直到他終於辭世。她喜歡在跳蚤市場購買銀飾。她喜歡閱讀。她的皮夾克微微帶著香菸味。來羅馬之前，她在菲律賓是個藥廠醫藥代表，經常到各個小島出差。即使那時，她已時常拋下她的兒子。

「妳來這裡不容易吧？」我問。

「搭公車大約五十分鐘，不算遠。」

不，我想要澄清，我的意思是離開家鄉、拋下兒子，想必不容易，但是蕭娜使了個眼神。因此我陪著塔希沿著走廊往回走，躡手躡腳地經過緊閉的房門和熟睡中的雙胞胎。

她穿上鞋子，指指歐文的房門。「我可以看看嗎？」

「那是浴室，」我聳聳肩。「那裡比較暗。」

我們站在陰暗之中，低頭看著嬰兒床。歐文趴睡，一側是水槽，另一側是浴缸。他的脊背起起伏伏。他的風扇颼颼作響。

「我希望我得到這份工作，」她輕聲說。

「我也是，」我說。

我在湯姆．安德魯斯研究室閱讀德國人的占領行動，試圖喚醒小說中的人物，誘騙我的想像力登上諾曼第的一個山丘，但我的思緒疲憊，雙眼昏花。字字句句離開紙張上應當停泊之處，緩緩漂浮，東旋西轉，悄悄滑向頁緣。

據說愛因斯坦演算相對論的關鍵程式時，晚上睡足十小時。我勉強才睡五個鐘頭。報紙刊登這麼一個標題：「婚姻和小孩扼殺人們的創造力嗎？」根據一些紐西蘭演化心理學家，三分之二的「傑出」男性科學家，在三十多歲、結婚生子之前，已經做出他們最顯著的貢獻。這下可好。愛因斯坦自己也說：「一個人若在三十歲之前無法做出顯著的科學貢獻，未來也絕對辦不到。」我不禁懷疑，如果這套說法也適用於男性作家呢？

我今年三十一歲。一八〇四年，詩人柯立芝剛滿三十二歲的時候曾說：「昨天是我的生日。整整過了一年，我卻幾乎交不出一個月的成果——遺憾羞恥啊……我一事無成！」

雙胞胎出生之後，我連一篇小說都寫不完。我想要書寫法國的無線電地下反抗軍，但我不識法文，從未操作任何一部老式收音機，我無法想像一個一九四〇年的法國人怎麼講話，甚至想像不出他口袋裡可能擺些什麼東西。當我看著我已發表的兩部著作，連那本上個月剛出版的小說，看來都是如此奇怪、如此陌生；書中各個段落似乎出自一個失聯的兄弟，而他的時間比我充裕多了。

現在又多了羅馬：一個個沉睡中的廣場，一道道虛幻的光，羅馬漸漸滲入我的生命，淹沒我的筆記簿。這裡的雲朵令人百看不厭，我在一張白紙的上端寫道，日光沁沁滲過雲際。

或是：望進蒙特韋爾德的一扇窗，一個長柄鍋在肉案上冒著白煙。

昨天我隨手寫道：漫步行經臺伯河上的西斯托橋，空中盈滿閃閃發亮的細絲。我揮揮手，瞇起眼睛。日光可會自行化為細絲？我瞪視了一分鐘，小寶寶們在嬰兒車裡不安地蠕動。然後我意識到它們是蜘蛛網，網線末端懸掛著一隻小小的蜘蛛，張張蛛網朝向下游飛騰張揚。

轉身一望皆是奇蹟：紫藤豔豔，攀爬石牆；鐘塔高聳的拱門，映著一方蔚藍的天空；西班牙廣場上，一艘半沉的大理石船噴出清水，涓涓細流，滔滔不絕。教堂的地板看起來有如血肉之軀一樣滑潤；球狀的莫札瑞拉起司滋味是如此豐美，一口咬下，我的人生幾乎改觀。

我應當研讀維希[12]、通敵者、反抗軍、軍事占領期間的信使。但我反而坐在研究室，隨意翻閱老普林尼的《博物誌》。「當一棟建築物即將崩塌，」他寫道，「老鼠會先行遷徙，蜘蛛與蛛網會率先墜落。」我往前翻幾百頁：「運動選手若是遲緩呆滯，可以藉由性愛提振活力，」

他宣稱，「板起臉孔，粗聲粗氣地說話，可以恢復嗓音。性愛治癒下半身的疼痛、受損的視力、精神不健全，以及憂鬱。」

小說怎麼可能比得上這個傢伙？我帶著一本筆記簿走到學院屋頂，試圖只書寫繁複的石紋、隱隱泛著藍光的阿爾巴諾山丘、遠近的山水。

目光延展，左顧右盼；雙眼貪求無厭，怎麼看都不知足。大腦沉浸於萬般景象，終被淹沒。

我們面試另一位保母——一個說她到羅馬「跑趴玩樂」的澳大利亞女孩。然後我們決定聘僱塔希。她隔天中午過來，她說我們需要她看雇雙胞胎多少個鐘點，她都願意配合。蕭娜和我緊捏著一家孩童用品店的地址，走到山丘下的市區。我們走了數公里，兩度迷失方向。我們登上一條叫做民族大街（via Nazionale）的街道，街道右側有一道直墜而下的階梯，鞋店和真絲襯衫專賣店林立，難以計數，塑膠模特兒一個接著一個在櫥窗裡展示時裝。車水馬龍，行人熙攘，生氣勃勃；我們好像被吸進一個活生生的細胞，粒線體繞著我們橫衝直撞，

---

12 Vichy，法國中部城市，二次大戰期間納粹德軍占領下的法國傀儡政府，又稱維希政府。

離子精力充沛，蹦蹦跳跳，一切不停組合再組合。

一對前掌交疊的石獅；一個躺在紙板上睡覺的吉普賽人。窄巷花白，巷尾有座教堂隱隱矗立在臺階之上。一部高級轎車減低車速，緩緩駛過我們身旁，一隻戴著手套的手握著方向盤，後座閃過鮮紅的蕾絲，一隻暹羅貓坐在車窗邊。旅館門外，一位男士把蛇腹照相機架上腳架，啟動閃燈。

一切看來如此古老！如此嶄新！千百年的歷史一閃一閃地掃過眼前，老婦人、嬰兒車、歷代君王、歷屆教宗、墨索里尼，世世代代有如潮水般沿著街道湧動——圓柱豎起，頹然坍塌，神殿矗立，沒入淤泥，再度矗立，時光有如一條鮮豔的絲巾，迴旋飄渺，拂過我們眼前。

我們分食一片野菇披薩，餅皮油潤，好像吃下陽光與微風，起司鹹香，蘑菇帶著林中深處的清香，一口咬下，滋味是如此豐美，我們不禁閉上眼睛，用心品嘗。

當我們找到孩童用品店，天色已暗。店裡每樣東西都非常漂亮、非常昂貴。現貨區只剩下一個嬰兒床圍欄和一個肩背式嬰兒背包。我們以超出一般價錢的金額買下，抬著它們走到街上，爬進一部計程車，啟程回家。

威尼斯廣場由左側朝向我們逼近，廣場位居羅馬市中心，沒有交通號誌，公車與行人爭道，一位警察站在小箱子上，揮動戴著白手套的雙手指揮交通。維托里亞諾．艾曼紐二世紀念堂（Victor Emmanuel II Monument）隱隱出現在我們眼前，紀念堂又稱「維托里亞諾」（Vittoriano）或是「維托里亞諾紀念堂」（Altar of the Fatherland），大理石平臺雄偉壯觀，大理石壁柱高聳入雲，乳白的大理石重達上萬公噸。五、六十隻鷗鳥乘風飛翔，越過紀念堂屋頂、高出地面九十公尺的戰車，鷗鳥在聚光燈的燈光中慢慢迴轉，羽翼始終維持同一高度。或若鬼魅，或若天使。

回到公寓，乘坐電梯上樓時，我們才意識到我們只知道塔希的名字和她的手機號碼。樓梯井一片漆黑。公寓緊鎖。我的一顆心在胸膛裡四分五裂。我們再也見不到我們的雙胞胎。我必須跟無動於衷的警官談談；我必須學會用義大利文說「綁架」。我必須隨身攜帶歐文的奶嘴，度過行屍走肉、殘破缺憾的餘生。我必須告訴我媽：「嗯，我們在網路上找到她……」

蕭娜把鑰匙插進門鎖。我們躡手躡腳地沿著走廊前進。雙胞胎坐在地上的一張毯子上，玩具散置身旁。他們對著我們微笑。塔希面帶微笑。小圓桌、流理臺、水槽裡的奶瓶，全都清理得乾乾淨淨。

十月緩緩消逝。我們在義大利已經住了將近一個月。六百位身穿黑西裝的高官達貴來到羅馬市政廳（Palazzo Senatorio）——市政廳位居坎比托力歐廣場（Campidoglio），是一座十二世紀的宮殿，廣場旁邊就是維托里亞諾紀念堂——聆聽彼此為歐盟憲章背書。五千位保全人員；兩部裝滿鮮花的貨櫃聯結車。下午，兩部ＢＭＷ加長禮車從我們身邊呼嘯而過，每一部都由三輛警車護送，警笛聲響起，漆黑的車窗一閃而過。

華麗，震撼，名望。我坐在湯姆．安德魯斯研究室，閱讀一章又一章《博物誌》。老普林尼兼具天才與瘋癲的特質，《博物誌》讀來像是波赫士重新改寫亞里斯多德，添補幾筆梭羅，以航空郵件交寄卡爾維諾修改。

老普林尼出生於西元二十三年，原是騎兵軍官，而後執掌整個軍團。他圓圓胖胖，喜歡泡澡，幾乎不睡覺，三十六歲時已經完成三部著作：一本文集詳述如何從馬背上擲矛，一本為他朋友作傳，一本是長達二十冊，闡釋德國戰役的史籍。但是《博物誌》是他的代表作，也是唯一現存的作品。《博物誌》完成於西元七十七年，全書包括三十七部獨立的書冊，內容包羅萬象，諸如地理學、結晶學、能夠隨意改變性別的鬣狗，探討的主題上及星象，下至水蝘，極為廣泛，總而言之，《博物誌》呈現出古早世界的全貌，那個世界充滿迷思與謬誤，然而優美細緻，井然有序，精采絕倫。

我愈展讀，愈感覺老普林尼討人喜愛；他是如此好奇、如此投入。他說「大象天生關懷那些比較弱小的動物，這股天性極為強烈，若是置身羊群之中，大象甚至會用象鼻捲起擋在路前的綿羊，以免不注意踩傷牠。」

稍後他發出讚嘆：「大自然怎麼可能賦予一隻跳蚤如此繁複的知覺？」

我下樓，走進學院的圖書館，找到《博物誌》的全套英譯本，抱得動幾冊，我就借閱幾冊。

萬聖節到了，我們把雙胞胎打扮成獅子和小狗，推著嬰兒車走到納沃納廣場，這個狹長的橢圓形廣場位居市中心，四處都是咖啡館和噴泉。街道隨著炫目燈火打旋，暗影輕顫搖擺，有如燭焰。夕陽西下，屋宅捕捉了暮光，屋側散發出餘燼般的光澤。烏鴉輕巧地跳過廣場，撿食飛舞的垃圾（義大利的烏鴉跟美國的烏鴉一樣墨黑，但是前者的背部灰白，好像穿了一件繫在頸部的毛衣）。即使氣溫高達華氏八十度，在歷史悠久的市中心，羅馬人依然像模特兒似的展示一身皮衣。我們坐在公寓外面的臺階上，蕭娜拉開背包的拉鍊，調配我們僅存的兩瓶嬰兒奶粉。百葉窗劈劈啪啪，市區車聲吵雜，蓋住其他聲響。

整個禮拜，我強迫自己放下《博物誌》，瞎搞我那部寫寫停停的小說。我花了半小時幫一個出現在四頁草稿之中的人物更改姓名，然後又花了半小時改回原名。每天早上，凝聚在草稿上的寒冰似乎又加了一層，原本的熱情卻逐漸降溫。小說脫離不了現勢。我身邊圍繞著難以計數的羅馬人（西元二〇〇四年，我們這個年代的羅馬人；西元七十七年，老普林尼筆下的羅馬人）在這種情況下，我怎麼有辦法書寫一九四〇年代的法國？現勢的外殼脆弱不堪，裂痕累累；遠古有如一處流沙，我的雙腳深陷其中，難以自拔。

到了中午，我又翻閱老普林尼的《博物誌》。他自嘲；他詳細觀察蜈蚣、毬果、大烏鴉等羅馬作家們甚至從未注意的事物。在他的世界裡，彗星、日蝕、雷聲、禽鳥、魚類、蜘蛛、無花果樹、天然泉水、打噴嚏、絆了一跤都是預兆；蜂蜜來自大氣，朝露孕育蝴蝶，白鶴經常聚在一起開研討會，在屋子底下挖掘隧道的鼴鼠聽得懂上方傳來的話語。閃電使鯰魚昏昏欲睡，騎馬踏上狼群走過的小徑，馬身就會迸裂；海豚回應「塌鼻子」之呼喚，而且最喜歡這個暱稱。

老普林尼卻也機敏得讓人會心一笑。「鯨魚的嘴巴長在額頭，」他寫道，「因此，當鯨魚浮游於水面之時，牠們向空中噴出一朵朵水雲。」他領悟地球是個球體；他仔細追蹤日光如何隨著緯度更動。早在發明顯微鏡一千五百年之前，他已設法對昆蟲做出種種令人稱奇的觀察，尤其是蜜蜂。

若從某個觀點閱讀，《博物誌》似乎荒謬可笑，充滿錯誤的假設和過時的神話。若是換個觀點閱讀，《博物誌》卻像是一扇窗，讓讀者得以一窺兩千年前羅馬人眼中的世界。就此而言，《博物誌》本身便是令人讚嘆的奇觀。

過去十六年來，我幾乎每天在一本線圈筆記簿裡撰寫札記。這是一種練習，好像騎著單車健身；我在筆記簿裡書寫，藉此維持創作的巔峰狀態。在博伊西的時候，我早上大多坐在空白的頁張之前，勉強寫出一個段落，然後開始寫小說。在義大利的頭一個月，我坐下，兩小時一晃而過，我已寫滿整整五頁。

我在筆記簿裡書寫，換尿片，買雜貨，背著小寶寶煎鹹豬肉。我懷裡抱著一個小寶寶，跟《華盛頓日報》進行電話訪談。等到我們幫雙胞胎洗澡，好不容易幫他們穿上睡衣，抱著他們擠進嬰兒床，通常已經七點半或是八點。我們準備晚餐。我們看看書。我們上床睡覺。二十分鐘之後，蕭娜呼呼大睡。我則毫無睡意。我上網瀏覽口水疹的研究，我試著解讀以義大利文標示的嬰兒奶粉成分。*Idrolisato di caseina*。*Minerali enzimatici*。[13]這些東西適合餵給小寶寶吃嗎？

13（編注）水解酪蛋白；酶。

我在露臺和客廳之間踱步，我試著在記事本裡素描樹木。我在全國睡眠基金會的網站讀到以下說詞：「長期而言，根據臨床實驗顯示，睡眠不足可能引發多種嚴重疾病，其中包括……高血壓、心臟病發、心臟衰竭、中風、精神疾病、心智受創，以及拙劣的生活品質。」

一束繫著黑緞帶、倚靠在聖潘克拉奇歐城門邊的雛菊枯萎凋謝，傾倒在人行道上。我拾起花束，把它重新倚靠在石牆上，但花束再度倒下，我擔心疾馳而過的駕駛們會以為我不敬，所以我鬆開嬰兒車的剎車，帶著牛奶快步走回家。

聖潘克拉奇歐：十四歲壯烈殉道。他在天堂的職責是嚴懲偽誓者。

今天是十一月二日，美國大選投票日。中午左右，一陣大風猛然襲打我的研究室，我聽到門上那個裱框的小牌子跌落到地磚上（湯姆．安德魯斯研究室，羅馬美國學院研究員，二〇〇〇年），劈哩啪啦裂成碎片。我開門，一邊清掃成堆的玻璃碎片，一邊心想：不祥之兆。老普林尼在我耳邊低語：「人人天天遭逢不同審判，只有末日之時，人人面臨同樣裁定；因此，人生在世，沒有一天是可信的。」

一小時之後，我的編輯以電子郵件告知，《紐約時報週日書評》將評述我的新書，書評不痛不癢，敷衍了事，文中表示：「杜爾如此沉迷於大自然，致使人物與大自然比重不均，甚至極度偏重後者，結果寫出一部文藻華美至極的小說，感覺卻是出奇地冷淡疏離，好像被封存在自己燦麗的文字之中。」

「封存」，書評人選用「embalm」一字。這下可好。「embalm」：防腐保存，以免屍體腐化，原本使用香油，現今通常在血管中注射防腐劑。我踉踉蹌蹌穿過樓梯井，走進家門，在抽水馬桶邊站了一會，等著某種作嘔的感覺消緩。

儘管如此，雙胞胎上床睡覺，我們吃了晚餐之後，我竟然勉強墜入夢鄉。我夢見騎士、販賣男子服飾的商人、一位拿著白色鉛筆輕敲紅色筆記簿的心理醫生。清晨五點左右，蕭娜把我叫醒，跟我說小布希拿下俄亥俄州和佛羅里達州的選票，連任成功，未來四年將再度掌權。

十分鐘之後，雙胞胎放聲大哭。我們抱著他們在公寓各處走來走去，餵他們吃牛奶。亨利抓住我的中指，不肯放手。歐文脖子上的疹子往下蔓延，胸前已經布滿淡紅的斑點，看來刺癢。

「不祥之兆，」我告訴蕭娜。「妳不覺得每件事情都會以悲劇收場嗎？」

亨利靜了下來。歐文奶瓶的塑膠瓶口一癟，牛奶一滴滴流在他的睡衣上，他又開始大哭。

「不是每一件事，」蕭娜說。

梧桐樹葉有如一張張怪異而古老的手稿，沙沙地滑過街道。我們在萬神殿附近的乳製品專賣店花了十四歐元，買了一公斤帕馬森起司。店主一頭灰髮，身穿白袍，有如起司科學家，他拿起大刀，從一塊跟備胎一樣大小的圓輪，切下我們選購的帕馬森，他告訴我們，這一公斤帕馬森起司需用十六公升牛奶製成。他把起司包在一張保鮮蠟紙裡。起司擱在我們冰箱裡，透過光滑的蠟紙閃閃發光，有如一塊神話中的礦石。一口咬下，滿嘴荳蔻、鹽水和奶脂的鹹香；我們一片一片切著吃，好像那是塊蛋糕。

我曾在書上讀到，植物學家卡爾．林奈（Carl Linnaeas）觀察花園裡某些花卉何時開合，便可判定一天當中的時辰。我凝視研究室的窗外，望穿傘松的枝幹。你怎麼可能跟世界產生如此緊密的牽連？

萊茵．霍爾德胡說八道，害我空想著鸚鵡，沒錯，肯定如此。

十一月中，我終於順利幫我們報名參加學院那些人滿為患的觀光團。我們把雙胞胎交由塔希照顧。一位名叫李．海亞拉的作曲家帶著十二位學院的研究員，從萬神殿附近的馬爾茲廣場（Campo Marzio）走進一個擁擠、滴著水、帶著霉味的地下室，我們一組三人，輪流站上考古學者搭建的臨時臺架，仔細觀看四．五公尺之下的潮溼地面。在一個面積相當於一間小臥室的空地上，一座具有兩千年歷史的日晷隱沒在一層薄薄的清水之下，閃爍著銀白的光澤，日晷的刻度盤印蝕在一個寬度曾達一百公尺的廣場上。

這是「奧古斯都之錶」（Orologio of Augustus），海亞拉告訴大家。日晷面朝特定方向，這樣一來，一座方尖碑的陰影將可投射在日晷上，順著時、日、月的刻度移動。精工雕琢的刻度是一根根鑲嵌在地面的黃銅圓柱，而那座早已遷至蒙特奇托里歐廣場（Piazza di Montecitorio）的方尖碑就像羅馬各處的方尖石塔，皆是竊自非洲，乘坐船筏越過地中海，運抵羅馬。

想想那座日晷，豔陽之中，黃銅灼灼，散發出烈焰般的光芒。想想那些船筏，形如細針、重達一百七十噸的大理石柱，一端抵著船頭，一端抵著船尾，起起伏伏，航行於大海之中。

一位喜歡賞鳥，來自波士頓的爵士樂作曲家，為我們講授羅馬君王的日晷，而我漸漸領悟，這似乎正是「羅馬美國學院」的立意。我睡不著，躺著閱讀關於方尖碑的史籍：拉美西斯二世的方尖碑，薩美提克二世的方尖碑。歷史隱匿於羅馬下方，有如一組規模龐大、設計繁複的電樞。君王在電車軌道下方遭到刺殺。羊群在超級市場下方放牧吃草。羅馬的十三座方尖碑坍塌再起，屢經遷移，你若把各座方尖碑先前與現今所在之處，製成兩張地圖，上下交疊，羅馬的興衰頓時呈現在交錯的線條之中，有如歷史的縮影；街道下方，昔日的繁榮與虛華留下有如迷宮般的印記。

我在圖書館裡閒蕩，閱讀關於貝尼尼的文獻。貝尼尼是十七世紀的雕塑家、畫家暨建築師，年僅十歲就受到教宗保祿五世召喚，在教宗面前繪製肖像（教宗請貝尼尼繪製聖保祿，一看到成果，教宗馬上宣稱這個小男孩將是「當代的米開朗基羅」）；十二歲時，他已受託雕塑大理石半身像，西班牙廣場的大理石破船即是他的傑作。他是他那個世代最具盛名的藝術家，他能夠凝視採石場一塊塊有稜有角的大理石，看出石中蟄困著海神的臂膀，或是一縷冥后帕爾塞福涅的髮絲。

我發現我比較欣賞貝尼尼的對手波若米尼（Francesco Borromini）。波洛米尼是個石工之子，曾向貝尼尼習藝，個性內向，桀傲不馴，傾向自毀，極具天賦。貝尼尼通情達理，彬彬有禮，鍾情於人體；波若米尼敏感易怒，性情古怪，偏好純粹的幾何構圖。波若米尼設計的四泉聖嘉祿堂（San Carlo alle Quattro Fontane），位於距離我們公寓大約一．五公里、烏煙瘴氣的十字路口；教堂面積袖珍，外觀簡樸，沒有任何裝飾；圓頂印刻六角形、八角形與十字架，縷縷光影卸除了重力，你走進教堂，感覺好像褪下靴鞋，飄向空中。

納沃納廣場矗立著貝尼尼的河神雕像，四座雕像穩穩站立在噴泉之中，手指比我的手腕還粗，朝東十五公尺就是波若米尼的聖女阿格尼絲教堂（Church of St. Anges），簡直是歷時三百五十年的建築大對決。貝尼尼世故、圓滑、誇張、廣結善緣；他有十一個小孩，而且自承「逸樂取向」，辭世之時家財萬貫。波若米尼相處不易，抗爭性格強烈，時常與教廷失和，一六六七年自殺身亡，臨終之時幾乎身無分文。

但我漸漸習知，羅馬的一切幾乎都以相對狀態存在——不光是出名的巴洛克式建築，更包括建國的雙胞胎英雄、教堂底下的土窖、宮殿旁邊的小屋、帝國之中的帝國。巷弄小徑曲折攀升，鵝卵石嘎嘎，有如一顆顆漆黑的臼齒。一條叫做卡利尼街的街道（via Carini），轉個彎卻變成巴利立街（via Barrilli）。「F. Torre」變成「A. Colautti」。爬坡爬到一半，「Perotti」搖身一變，成了「Marino」。我們走在光芒之街、鮮花之街、弩箭工匠之街，走著走著，我抬頭一看，忽然意識到先前來過這裡。但我依然迷路。三名修女把車停下，目光溫和，仔細端詳嬰兒車裡的雙胞胎，靜候我們走過。

「我覺得我們應該在這裡左轉，」我邊說邊折起地圖，蕭娜搖搖頭，帶著我們右轉，不一會兒就回到我們公寓。

有些時日，我拖拉著重達二十公斤的雜貨從超市走回家，一不注意一腳踏進一大團狗尿。三十分鐘之後，蕭娜失手把一罐芥末醬摔到地上，罐子應聲破裂，數百個沾了芥末醬的玻璃碎片飛越地磚。亨利等著新尿片，歐文提早一小時醒來，水槽裡堆滿必須清洗的奶瓶，地上散置著數十個必須放回紙箱裡的玩具。

天黑之後，我走進那間現已變成歐文臥房的浴室，坐在浴缸邊緣，餵他喝牛奶。他嘆了口氣，睡眼惺忪。我腳趾頭踏上嬰兒床的床基，整側圍欄忽然四分五裂，木條散落各處。我花了半小時用強力膠黏合，蕭娜抱著雙胞胎來回走動，嬰兒床終於修好，我們把歐文放進嬰兒床，整個晚上，我眼睜睜地躺著，聽候木條劈啪斷裂之聲。

但是有些時日，我推著嬰兒車散步，走著走著，忽然看到一朵鮮艷的黃玫瑰，花朵綻放在高出地面九公尺的奧勒良城牆牆頂，圓潤飽滿，毫無瑕疵。皓月當空，照耀著費利皮尼街（via dei Fillippini）那座波若米尼的完美鐘塔；我走向聖彼得廣場——廣場其實並不是四四方方，而是橢圓形——在貝尼尼柱廊的圓柱之間坐下，翻開我的筆記簿，在斑紋狀的紫色夜空之下，埋頭書寫。

我們烹製小牛肉漢堡。我們燒了一鍋好吃得不像話的番茄濃湯，加入半磅削成薄片的帕瑪森起司。我們啜飲一瓶四美元的奇揚地義大利紅酒。我們在街尾一家乳品店購買檸檬口味的優格，優格裝在鐘鈴形狀的小罐裡，我們拿著小湯匙舀起晶瑩雪白的優格，餵雙胞胎吃下一匙又一匙。

我報名參加另一個觀光團。這次蕭娜待在家裡，我自個兒跟著其他幾位學院的研究員，躡手躡腳地爬上圖拉真柱（Trajan's Column）內部的螺旋階梯。這是一項必須經過核准的特權，雙方仔細措辭，書信往來，溝通了好幾個月，學院才取得這把巨大的黃銅鑰匙。真柱矗立在維托里亞諾紀念堂附近，由二十個大理石戰鼓堆砌而成，戰鼓重達四十噸，一個個疊架而上，高達三十公尺，環繞柱面的帶狀雕刻長達兩百公尺，詳細登載圖拉真皇帝的開疆之戰：皇帝訓示軍隊，敵軍逃離村莊，民眾興高采烈地興建要塞，種種戰績歷歷在目。凱旋柱是經他批准的歷史、他的政治告示板、他的公眾回憶錄。地震，暴風暴雨，敵軍六度入侵，全都無法推倒巨柱——一千八百九十三年來，凱旋柱依然屹立不搖。

一座自我炫耀的紀念碑，隨時光輾轉，化身為一件令人稱奇的藝術精品，各座方尖碑、奧古斯都的日晷、古羅馬廣場的凱旋拱門皆為例證，圖拉真柱亦是一例。對我而言，真柱倒沒有讓我想起圖拉真皇帝，我的腦海中反而浮現浩浩蕩蕩、列隊前進的卡拉拉大理石：八百噸精美石材乘船繞行半個義大利，緩緩航向臺伯河上游，以臺車運送，行經吵吵嚷嚷、人潮洶湧的街道，馬匹費力拉扯，繩索嘎嘎作響。

真柱基端的小門開啟；我們一行五六人低著頭走進去。我們一個個爬上樓梯，走向柱頂一個小小的欄杆。樓梯共計一百八十六階。柱內聞起來像是冰冷大理石和黴菌。每個轉角都有一扇小窗，望向窗外，只見藍天。壁上的塗鴉說不定具有八百年歷史，比美國古老四倍，而在那些八百年前的塗鴉者眼中，圖拉真柱已是一件歷史悠久的古物。我躡手躡腳地走出柱頂的活板門，站在懸岩般的邊緣；其下的圓柱隱匿無蹤，各個古廣場的遺跡在眼前延展。一切看來莊嚴肅穆，閃閃發光：消逝的神殿，空蕩的市集，羅馬帝國奮力掙得的堅石，不知不覺地化為塵土，重歸大地。

「陸岬延展，沒入海中，」老普林尼寫道，「山勢變得平貼。我們移除那些用來分隔兩國的屏障，我們建造那些專門運送大理石的船隻，結果山脈被來回運送，漂浮於大自然最不可測的重重波濤之間。」

我心想：從今而後，我眼中的愛達荷州將永遠改觀。我心想：說不定閃爍在羅馬上空的點點金光是人類的靈魂，好多靈魂從同樣這塊土地升起，多到肉眼看得見，他們在風中飄搖，被吹向五十公里外的西方，在第勒尼安海銀白的海面，找到了安身之處。

感恩節到了：我們當上爸媽之後的第一個感恩節。朵朵銀白的巨雲飛過露臺，忽然之間，一道道強光有如山崩似地湧進窗內。過了幾秒鐘，陰影重現。羅馬：陽光與陰影較勁，帝國與時間競賽，建築物與野草爭鋒。陰影、時間與野草當然終究占了上風。但今天早上，雙方似乎不相上下。

我讓蕭娜多睡一會兒，我幫雙胞胎穿上厚厚的藍色絨毛外套，拉上外套拉鍊，抱著他們走下樓梯井。我推著嬰兒車走過聖潘克拉奇歐城門，沿著卡利尼街走向四風街。商店照常營業，人們趕著上班，看了讓人覺得奇怪；我意識到這是我頭一次在美國境外歡度感恩節。

糕餅店沒有大排長龍，我的心情稍感振奮。店員們把架上一個個不銹鋼大托盤推進推出。我請他們給我四個牛角麵包和四片*pizza rossa*——這種披薩四四方方，小小一塊，薄如紙片，不加起司，只塗抹一層番茄。一位麵包師傅蹲下去，對著雙胞胎搖搖沾滿麵粉的手指，說聲「*Buongiorno*」[14]。我們離開之前，另外三位店員加入他的行列，蹲坐在後腳跟上，異口同聲地稱讚雙胞胎。

我們沒有走回家，反而朝著公車站前進。幾隻小貓躲在垃圾箱後方鬼鬼祟祟地走動。一名男子在陽臺上幫天竺葵澆水。我望向他樓上的一扇窗戶，看到窗內有個女人站在廚房裡，拿著一支黃色的刷子洗擦紅蘿蔔。

又有六個羅馬人叫住我：「他們是雙胞胎嗎？」「他們多大？」「你在哪裡買到這部嬰兒車？」我所知的義大利字彙中，大約一半跟嬰兒用品有關。

快到蔬果市場時，我們走過一對父女身邊。爸爸牽著小女兒，女孩睜著明亮的大眼睛盯

---

14 早安、你好。

視雙胞胎，眼神中帶著冷淡的好奇。他們離我們愈來愈近，她爸爸在她耳邊說了幾句話；她開懷大笑；愛意纏繞在父女之間，好像一束隱形的絲線。我忽然感覺自己和周遭這些義大利人之間的鴻溝似乎可以跨越——我好想跟隨這對父女，請教他們一些問題。你們住在哪一棟樓房？我如何烹調這條我剛買的節瓜？你們有沒有見過「奧古斯都之錶」？

但我沒有跟上去，而他們很快就走到一條街之外。唉，反正我也只能傻傻微笑，勉強擠出幾句支離破碎的義大利話。我試圖跟銀行門外的警衛說聲*Boungiorno*，他怒目一視，以示回應，那把笨重的手槍掛在腰間晃來晃去，凶巴巴之中帶點滑稽。隔著兩家商店有間葡萄酒專賣店，有人在櫥窗下方用噴漆噴上**BUSH GO HOME**。

屏障再起：語言，文化，時光。身為一個語言不流暢的外國人就像走過一道閘門，卻只發現自己依然置身兩道閘門之外。

我奮力把嬰兒車推上七十五號公車，公車沿著彎曲的巷道嘎嘎前進，駛入特拉斯特維雷區，載著乘客越過臺伯河。歐文咿咿呀呀，輕聲呻吟。亨利吸著奶嘴。過了差不多三站，我推著他們下車，走到車站附近，一個名為泰斯塔喬（Testaccio）的地區。我在一個古老的墳場外面按鈴，暗自希望這就是歐洲歷史最悠久的基督教墳場（Protestant cemetery）。一位老先生推開鐵門。

墳場內傘松與樹籬林立，一塊塊墓石群聚而立。克斯提烏斯金字塔（Pyramid of Cestius）

隱隱矗立在石牆邊，這座為了紀念羅馬執政官的金字塔興建於西元一世紀，大理石塔面飽經風霜，苔痕點點。乾枯的落葉掃過小徑，高聳、黑黝黝的松柏發出輾軋的聲響，有如一支支巨大的桅桿。

詩人濟慈之墓——亦即我特地前來參觀的墓石——坐落在一角。墓石上刻著：

> 一位年輕的英國詩人長眠於此，臨終之時，詩人因仇敵的邪惡肆虐而滿心怨懟，特意叮囑在墓石刻鐫以下銘文：此地長眠者，聲名水上書。

濟慈在西班牙階梯（Spanish Steps）旁邊的小房間辭世，距離此處僅僅三公里，附近便是貝尼尼那座永遠噴濺出清水的大理石破船，他甚至聽得到潺潺水聲。那是一八二一年，他年僅二十六歲，肺結核是他們家族的痼疾。

此地長眠者，聲名水上書。濟慈的意思是不是，你若將姓名刻在墓石上，無異是貪慕虛榮？不管是本地人或是外來客，最終而言，人人都是無名無姓？

墓石沉甸甸地躺臥在雜草之間。雙胞胎蠢蠢欲動。我低頭凝視一排排碑石沒入各個幽靜的角落。我們都被磚石、藤蔓，以及往事包圍。我忽然想到湯姆・安德魯斯的一句詩詞：「逝者拖著一把爪鉤攫取生者。那把爪鉤巨大無比。」

就我所知，墳場之中只有亨利、歐文和我。四下肅靜，但也令人不安；我覺得我們實在寡不敵眾。我再度強烈感覺我們是外人——我再怎樣都猜不透羅馬，連基本的理解都談不上。那把巨鉤曳過樹梢，拖過草坪。我忽然想把雙胞胎帶離此地。

回家的公車上，我抱著歐文站在車窗邊，一根指頭伸進亨利的小拳頭裡，歐文把頭靠在我肩上，輕聲嘆了一口氣。我在蒙特韋爾德下車，推著嬰兒車走回家。在電梯裡，兩兄弟在嬰兒車的蓬頂下朝著鏡子微笑。電梯升過樓梯井。歐文伸手抓取我握在手裡的糕餅店紙袋。亨利小手亂揮，想要抓取鑰匙。

我把兩兄弟抱到他們的媽媽懷裡。他們笑個不停。我們享用牛角麵包；我們啜飲盒裝鳳梨汁。蕭娜告訴我，歐文昨天合掌拍了兩下。亨利已經可以滾過半個房間。

那天晚上我在研究室閱讀《博物誌》，讀著讀著，兩隻深綠色的鸚鵡忽然飛過窗外的草坪。鸚鵡出現得如此突然，令我幾乎不知自己身在何處：這裡是義大利、還是亞馬遜？鸚鵡的尺寸也令人困惑；它們看起來像是肥嘟嘟的蒼鷺，雙翼一展，似乎與我的書桌同寬。

鸚鵡繞了花園一圈，一隻稍微超前，飛得也稍微高一點。不一會兒，它們傾身下降，飛過石牆，消失在樹木之中。

這個感恩節我應該感謝什麼？雙胞胎，蕭娜，肉店老闆裹上麵粉、包在蠟紙裡的小牛肉丸。我感謝音樂、蕭娜在巧克力專賣店發現的可可亞咖啡糖、我身邊這座電暖爐散發的熱氣、蕭娜兩天前買給我的紙製鉛筆盒。事事之所以甜美，在於事事並非永恆，這就足以令人感恩。

冬季

大地滾滾不息。秋季悄悄遠離羅馬。再見，番茄；再見，觀光客。再見，黃鶯和柳鶯；再見，那隻昨天停在我們露臺上高唱幾聲，而後繼續飛行的灰褐黍鵐。今晚，我把臉埋在枕頭裡，想像候鳥南徙。燕子與翠鳥，豆雁與崖沙燕，一隻接著一隻行經歐洲，飛越義大利，有如潮水般漫過阿爾卑斯山，遮蔽月光，追逐太陽。

我們在一家叫做「Largo Luigi Micelli」的蔬果攤買菜，蔬果攤位於五金行和糕餅店之間，幾條巷子在此交會，攤主是一對手指粗短、穿著高筒膠鞋的姐妹。「*Buongiorno*，」每次我們走到攤子邊，她們就打聲招呼。

大多時候，她們的一個兒子幫忙招呼客人，他繫著圍裙，一臉認真，相當熱心，偶爾摸摸嘴唇上方，確定自己留著一道毛絨絨的鬍鬚。他們三人教我辨識冬季的蔬果：一種花椰菜有如棉花般雪白，另一種有如薄暮般紫黑；一束束青嫩的大蔥，根鬚上依然留著採收時的泥土；一盆盆狀似葫蘆的蒲瓜；圓圓滾滾的小馬鈴薯，有如迷你月亮。他們說經過霜凍的羽衣甘藍滋味更佳；冬產的紫葉萵苣應當刷上橄欖油，在溫暖的火爐上炭烤。攤上還有一堆堆青綠細長的球莖茴香。皺褶累累、觸感柔軟的甘藍菜。小山高的小紅蘿蔔；一排排、一落落茄子，有些靛青亮綠，有些紫得發黑。

大蔥綑成一束，好像褪去樹皮、萌芽初生的小樹；紅葉西生菜超然靜默，有如火炬般紅豔。市場散發出璀璨的光芒，尤其是在溼淋淋的下雨天：空中帶點微微的焦味，各個攤位似乎擠在一起抵禦寒風，一堆堆翠綠的菠菜，一座座橘紅的紅蘿蔔金字塔，十幾把破舊的雨傘沾滿晶瑩的雨滴，閃閃爍爍。到了中午，百葉窗拉下，遮雨棚收起，盛宴般的生鮮蔬果收拾乾淨，傍晚時分，我們從餐廳返家途中，市場上只見一個個上了鎖的攤位、排水溝裡的垃圾、小水坑裡的街燈倒影。

今天早晨，姐妹花老闆娘介紹*fragoline di bosco*，野草莓，一顆顆鮮紅的小水滴據稱採收自我們從學院屋頂上望見的山坡。

我花了兩歐元買了一盒，草莓亮晶晶，好像小小的紅燈籠。我拿起兩顆草莓，遞給坐在嬰兒車裡的雙胞胎，兩兄弟仔細端詳，然後悄悄送進他們的小嘴。

一九七六年，一位英國諾丁漢大學的博士班研究生示範說明，你若隨機更動一個句子當中的字母排序，讀者不受影響，依然了解句子的意思。舉例而言，請看這個句子：every scarbelmd wrod rmenias bcilasaly leibgle[15]。為什麼？因為我們已經習於字母按照特定順序排列。因為我們的雙眼匆匆一瞥，大腦急於賦予意義，因而做出假設。

同樣道理也是適用於片語與成語。作者以「黎明破曉」、「斜斜一瞥」，或是「晶瑩剔透」敘事描繪，讀者們輕鬆掠過，繼續閱讀，因為他們已經讀過無數次這類字句組合。但是讀者或是作者，可曾真的花功夫想想何謂「黎明破曉」或是「晶瑩剔透」。

頭腦好逸惡勞；它鼓勵我們認可符碼，掩飾曲解。它為我們架構一幅幅地圖，點出廚房各個抽屜、鄰里各個街道的位置；它為我們的生活制定出某種符碼——X是上班的路徑，Y是手指之間那枚鎳幣的觸感和重量——這項功能非常有用，甚至不可或缺。生活之中若是缺乏這些習以為常的代碼，世間種種美景將令我們不知所措。每次看見一朵鮮花——真真正正、實實在在地**看見**——我們說不定昏厥。請你想想，人們若是一百年只能看見一次積雨雲、仙后座或是雪花，街上肯定一片喧囂。人們八成數以千計地仰躺在田野之中。

我們必須借助習慣度過一日、上班工作、餵養小孩。但是習慣也可能相當危險。我們可能很快變得視而不見，種種注視都是自動而無意識。我們看到某樣東西——比方說灰褐的樹皮慢慢剝落，露出筆直寬闊的樹幹——腦海中浮現**樹幹**，目光隨即移向他處。但我可曾真的花時間觀看樹木？我瞥見淡褐色的頭髮、高聳的顴骨、點點雀斑，腦海中隨即浮現**蕭娜**。但我可曾真的花時間觀看我太太？

「習慣化（habitualization），」原為蘇俄軍委，後來轉而從事文學評論的維克特．什克洛夫斯基（Viktor Shklovsky）於一九一七年寫道，「吞噬了工作、衣物、妻子，以及對於戰爭的恐懼。」他辯稱時間一久，我們再也看不出文字、親友、家宅等熟悉事物的真實面貌。吃了一千根香蕉跟頭一次品嘗香蕉，感覺自是完全不同。跟某人歡愛一千次跟頭一次與那人歡愛，感覺亦是天壤之別。一段經歷愈是容易取得、愈是根深蒂固、愈是習以為常，感覺愈是淡然、愈是不以為奇。巧克力、婚姻、家鄉、敘述結構都是如此。複雜性逐日衰減，奇蹟不再是奇蹟，若不小心，我們很快就會變得好像罩上粗麻袋，透過麻布凝視種種生活面相。

在湯姆．安德魯斯研究室，我翻開筆記簿，凝視窗外傘松的枝幹，盡力抗拒那股因為過度熟悉而引發的麻木。我試著撰寫幾個句子描繪羅馬這個小小的角落；我試著強迫自己慢慢注視。一篇出色的札記——或是一首好歌、一幅優美的素描、一張卓越的照片——應當打破習慣，掀開蒙蔽眼睛、手指、唇舌和心靈的薄紗。一篇出色的札記應當是一封寫給世界的情書。

---

15 這個句子應是：「every scrambled word remains basically legible」。意思是：每一個胡亂更動的單字基本上依然清晰易讀。

離開故鄉，離開祖國，離開熟悉的一切。唯有如此，購買麵包、享用蔬果，甚至打招呼等例行公事，才會再一次感到新奇。

十二月初，我們在地下室的洗衣間跟蘿拉聊天時，她說如果真的開始飄雪，我們應該馬上跑到萬神殿，因為親眼目睹雪花紛飛、飄進圓頂的孔口，將會讓一個人的生命永遠改觀。蕭娜一手抱著亨利，一手摺疊另一簍衣物。她問：「我們的生命難道不是已經永遠改觀了嗎？」

雖說如此，但每天早上我依然發覺自己悄悄走到露臺，查看天空。今天嗎？還是明天？儘管這種想法毫無邏輯可言，但我依然心想，若是親眼目睹雪花飄過萬神殿的圓頂，說不定我總算得以墜入夢鄉。

「羅馬已經四年沒下雪，」學院的警衛羅倫佐告訴我。他穿著雪衣，坐在小亭裡，一部手提式電暖爐擱在皮鞋之間。「*Grazie a Dio.*」他補了一句。感謝老天爺。

「羅馬難道沒有掃雪車嗎？」我問。

他頭一歪，睜大雙眼，眼鏡後方的眼珠子放大了兩倍，更形巨大。「掃雪車？什麼意思？」

走向研究室途中，我在中庭暫且停步。頭頂上的一方藍天銀光閃閃，茉莉花覆上薄薄的冰霜，噴泉的清水看來緩慢凝重，有如冷卻中的白蠟，好像寒冰隨時可能漫過池面，好像天空隨時可能飄下幾朵晃蕩的雪花。

十二月八日是「聖母聖潔日」（Feast of the Immaculate Conception）。整個早上鐘聲四起，修女們列隊冒雨沿著卡利尼街前進。烏鴉盤旋於露臺上方，沉靜無聲，絨毛襤褸，好像遭到罷黜的君王。蘿拉的先生瓊恩，也就是那位造景建築師，拖著一截樹幹走在街上，朝著研究室前進。古典學者西莉亞站在學院的正門外，擦拭眼鏡上的雨水。

市區另一頭，西班牙廣場的麥當勞旁邊，孩童們對著一尊聳立於大理石圓柱頂端的聖母像獻上鮮花。教宗坐在座車上，親赴廣場，在聖母像的腳邊祈禱。

雨勢漸大。到了中午，手指般粗大的蚯蚓被沖到人行道上。你通常只在魚餌店看到這麼大隻的蚯蚓，令人有點不安。我看著扭動的大蚯蚓，不禁懷疑草坪裡還會爬出哪些東西。

我們扛著嬰兒車上下公車。特拉斯特維雷區一家百貨公司附近，一隻說不定重達四十五公斤的紐芬蘭巨犬大聲狂吠，他的主人忙著把狗鍊拴在機車的後保險桿上。汪汪、汪汪，狗犬吠叫。狗主人嘟囔幾聲，以示回應。

紐芬蘭犬繞著機車走動，聞來聞去。男人點燃一支香菸，戴上安全帽，終於自行坐定，對著大狗點點頭——其實只是輕輕晃動下巴，幾乎稱不上點頭——大狗胡亂爬上男人腳前狹小的平臺，下巴一搖，甩出一串串口水。

男人發動機車，嘴裡叼著香菸，看都不看後視鏡，一人一狗快速衝入街上繁忙的車陣。雨水一滴滴落下，街道的鵝卵石、行人的雨傘、嘎嘎停在我們一側的電車，全都閃爍著銀光。

愛達荷州最古老的建築物是博伊西北方三百公里的耶穌聖心堂，教堂在州際九十號公路旁，離卡達爾多（Cataldo）不遠。一八五三年，耶穌會傳教士和柯達倫原住民部落合力興建，教堂的屋頂依然保持最初的原貌。頭一次看到教堂時，你八成心想：天啊，這真是古老。教堂高達十二公尺，沒有半根鐵釘，土磚牆面依然可見原住民孩童的手印。人們必須從一公里之外運來木材、從附近的山脈敲鑿岩石、從大河之中挖掘泥漿，你八成心想：那個年代的人們過得真辛苦。

羅馬最古老的建築物是萬神殿，屋頂也保持最初的原貌，西元一二五年，哈德良皇帝下令整修曾遭火焚的舊神殿，增建了圓頂。頭一次造訪萬神殿時，你會興起一股甘拜下風的興嘆。

神殿每一扇正門高達六．五公尺，重達八十噸。長廊的十六根圓柱高達十二公尺，每一根約重六十噸，差不多等於把兩部滿載貨物的十八輪大卡車壓得稀爛，壓縮裝進一個直徑一．五公尺的圓筒。這些圓柱可不是從一公里之外運過來，而是挖鑿自埃及東部的採石場，用木橇拖運到尼羅河畔，划渡橫越地中海，乘船航向臺伯河上游，裝上臺車拖拉運經羅馬的大街小巷。圓柱顏色淺灰，布滿雲母的斑點，光滑冰冷；走近圓柱，你不可能不想伸手碰觸。

萬神殿的水泥拱頂直徑達四十四公尺，頂端的窗口有如圓眼，直徑達八公尺。萬神殿的穹頂曾是全世界最龐大的圓頂建築，如此持續了一千三百年。一千九百年來，穹頂熬過了雷擊、地震、蠻族入侵種種考驗。

但是數據、尺寸、史實——這些都是後話。當你頭一次看到萬神殿，心中的讚嘆遠非筆墨難以形容。你走過雄偉的大門，注意力馬上被吸引到頭頂上的一圈天空。光線經過濾洗，霧濛濛地飄浮殿內；日光穿過圓眼窗口投射而下，有如一根倚靠地面的圓柱。殿內感覺既是私密，卻也具有爆炸性的張力；你對人類文明的自豪絕對不會稍減，但是在此同時，萬神殿也迫使你面對事實：世間蘊含著太多遠比你我更宏大的事物。

聖彼得大教堂的環形塔樓據說代表著天主全知全能之眼，但置身萬神殿之中，你不禁感覺天主之眼其實就在你的正上方。你感到渺小，你感到畏縮；你搖搖欲墜、猶豫躊躇地站在門檻，眼前是一片浩大、蔚藍的原野。

一千九百年；大軍入侵，行刑殺戮，宗教聖禮；神殿的地基陷入泥濘的地面，周遭難以計數的屋宅起起落落，數百年來，臺伯河年年氾濫，河水三度、四度湧入神殿——然而，神殿依然屹立不搖。

我是針孔照相機的一格底片；我是子宮裡的胚胎。一粒粒塵灰浮游於陽光之中。我心中的某處緩緩開啟，不知名的心緒油然而生。

每年約有三百五十萬名觀光客造訪萬神殿。十二月時，我大約參訪了六次，希冀參透它的奧祕，期盼雪花飄落。

我在白紙上寫下義大利單字，用我們最後一個三明治保鮮袋把白紙封好，貼在浴室牆上。*Ho perso il biglietto*。我遺失了我的車票。*Mi sono perso*。我迷路了。一切卻是徒勞無功，我的義大利文依然支離破碎。我推著巨大的嬰兒車，用背頂開小雜貨店的門，把嬰兒車停放在一架架餅乾旁邊，擠到人群前頭，隔著櫃檯請店員給我一罐番茄。

「*Sugo di pompelmo,*」我說。「*Con basilico.*」她瞇著眼睛看我。我心想，她認識我；她已經好幾次請歐文、亨利吃棒棒糖。

「*Sugo di pompelmo.*」我說。我伸出手指一比。

她的手指飄過架上一個個罐頭。

「*Sugo di carne?*」

兩打番茄罐頭陳列在她眼前。我扯著嗓門說：「*No, no, Sugo di pompelmo.*」

我下定決心，這次絕對不能失敗。她舉起一個桃子罐頭。我搖搖頭。她舉起一罐加了蘑菇的番茄。「*Questo? Pomodori? Can funghi?*」

「*Ecco!*」我說。「*Si!*」加了蘑菇的罐裝番茄。嗯，這也不賴。她把罐頭遞給我。我付帳。直到走回卡利尼街，幾乎快要到家，我才意識到自己先前大聲叫嚷，吵著要買一罐葡萄柚醬，而且是加了九層塔的葡萄柚醬。

西斯托橋，一座教宗西斯篤四世下令興建的十五世紀古橋。橋上十二個非洲人把仿造的Prada皮包在氈毯上一字排開，擦亮扶正，然後往後一靠，手肘搭在欄杆上談天說地。遠處的聖彼得大教堂隱隱散發出橘紅色的光芒。

我們走過兩個衣衫不整，帶著五隻狗的男人，兩人對著一個露營用的小爐子彎下腰，爐上的鍋子冒著熱氣：一團團包心菜絲，還有一條一公尺長的香腸，香腸捲成一團，煮得粉嫩。一頂棒球帽擱在兩人前面，帽子翻過來，裡面還有幾個銅板。

我們在羅馬街頭看到的乞丐幾乎都帶著小狗：梗犬，大丹狗，黑色的拉布拉多母犬，母犬身旁圍著幾隻黑白斑點、正在吃母奶的幼犬。乞丐們似乎採用以下策略：把幾隻小狗放在氈毯前面，然後採用第一人稱複數，在紙板上寫道：請幫幫我們。我們需要食物。

蕭娜一看到小狗就淚汪汪。今天有隻黃褐色的拉布拉多犬從硬紙板上抬起頭來，眼神呆滯地看著我們，大風勁揚，一小片落葉貼在他的臉側，而後隨風飄逝。與其說他看著我們，倒不如說他看穿我們。他缺了一隻前腳。

我已經可以感覺蕭娜熱淚盈眶、下唇輕輕顫動。我伸手攬住她，推著嬰兒車稍微加快腳步，指指橋尾的某樣東西。

我們好像兩位不勝任的一星上將，胡亂制定亨利和歐文的生活作息。早上九點小睡片刻，下午睡個午覺。早上十點吃點心，下午四點吃零嘴。先洗澡再上床睡覺。每天不是歐文就是亨利，兩兄弟總有一人不肯午睡，或是還不到睡覺時間就在嬰兒車裡呼呼大睡。他們似乎都不太喜歡吃東西。兩兄弟無時不刻吵著抱抱。你試了又試，卻始終無法掌控一切，難道為人父母就是如此？

傍晚時分，我已寫了一篇札記，閱讀老普林尼，卻寫不出任何一段值得加進小說的文句。天色漸漸昏暗，我從研究室回到家中，哪個小寶寶還醒著，我就抱著他坐進嬰兒揹架，帶著他出去觀賞椋鳥。

今晚我帶著歐文出去。我們從公寓走下山坡，邊走邊踢起地上的落葉，嬰兒揹架的框座在寒風中嘎嘎作響，歐文在我耳邊咿咿呀呀，嗓音尖細。我們在帕歐拉大噴泉旁邊暫且停步，噴泉清水四濺，冰冷的大理石散發出寒意，然後穿過加里波底街，眺望遠方的羅馬市區。幾個觀光客冒著寒風出遊。車輛悶聲駛過。每次遠眺羅馬，我依然感到目眩。羅馬煥發著橘光，天空一片濃郁的灰藍。金星高懸於阿爾巴諾山丘之上，閃爍著冷冷的白光。

掌中的椋鳥，顏色不太暗黑，也不太灰白，而是散發出青色與紫色的微光，好像一灘帶點油彩的清水。椋鳥可愛，但也常見，正因如此，所以椋鳥經常被視為骯髒、令人討厭的鳥類。它們侵占冬天的餵鳥器，啄食冬麥的種子，附近鄰里遍地鳥糞。但在冬日的羅馬上空，椋鳥成千上萬，群聚飛舞，演出一場場令我屏息的天空之舞。

今晚三群椋鳥翱翔天際，鳥群迴旋飛舞，延伸為四百公尺長的隊伍，而後慢慢地撲撲聚合。短短一分鐘，鳥群狀似三條雙股螺旋、一顆心、一個柔滑的漏斗，或是兩條緩緩墜落的圍巾。其中一群愈飛愈近，深藍的夜空彷彿飄落漆黑的雨點，一滴滴偕同落下——成千隻鳥兒忽然翼尖一轉，朝向我們飛來，轉眼之間便不見蹤影。

古羅馬人通常指派一、兩位占卜師駐守雅尼庫倫山丘，這些修士詮釋預兆——主要是鳥類的飛行途徑——藉此判定群神的意旨。鳥類朝東飛行，大軍即可啟程上戰場。空中的鷲鷹過多或是過少，就職大典都應當順延。根據我靠在圖書館桌旁，草草翻閱的書冊，李維的《羅馬史》處處提及吉兆與凶兆、暫停行軍、占卜凶吉的將軍，以及甘冒風險、罔顧預兆的君王。老普林尼的書中也充滿了預兆：他宣稱大烏鴉了解牠們所傳遞的吉兆[16]。貓梟象徵大凶，鬥雞最靈驗，鬥雞啄食穀粒的模樣足以決定政府官員可否打開家門，或是戰場上的士兵應該擺出哪種陣勢。老普林尼說，這些公雞具有「凌駕於世間君王的絕對勢力」。

山丘下的特拉斯特維雷區，街燈一盞接著一盞亮起。椋鳥重新現形，鳥群沐浴在藍光之中，有如一位身高一百六十公分的芭蕾舞伶滾翻轉身。我把嬰兒揹架固定在支腳上，調整一下歐文的小帽子，遞給他一個奶瓶，心想他不知道看到了什麼。說不定你知道這段歷史：一八九〇年，紐約市有位叫做尤金·席費林（Eugene Schieffelin）的製藥商，他想要確保莎翁劇中的每一種鳥類都被引進美洲，於是他在中央公園放生八十隻椋鳥。一百五十年後，光是美國就有兩億隻椋鳥，結果種植大麥的農夫大怒，椋鳥一群群被吸進飛機的引擎，更別提組織胞漿菌病，這種呼吸系統疾病的病原據說是椋鳥的糞便。

羅馬大約有一百萬隻椋鳥。當它們迴旋飛揚於屋頂上空，幾乎沒有人注意到它們。銀塔廣場（Largo di Torre Argentina）的書店外，椋鳥幾乎每晚在六株傘松的枝頭跳芭蕾舞，但人行道上通常只有我抬頭觀賞。少數注意到椋鳥存在的羅馬人巴不得將之驅逐。志工們作弄兩隻椋鳥，錄下不安的鳴聲，然後在火車站附近繞來繞去，拿著擴音機播放椋鳥呼救的鳴聲。

你能想像椋鳥們聽到什麼嗎？說不定是一聲聲奇怪的嘶吼：哎唷！哎唷！哎唷！椋鳥們似乎不為所動，嚇不走。

成千上萬隻椋鳥在我和歐文面前赫然轉向，飛飛停停，飄浮天際，俯衝直下。一位站在欄杆旁邊的觀光客用英文問道：「誰帶頭？」但是沒有人回答。不管是否自覺，我們都站在此地，占卜我們的凶吉，詮釋鳥群傳遞的預兆。但我夜復一夜、不斷回到這個欄杆旁，其實只想問一個問題：椋鳥何必如此優雅、如此美麗？

椋鳥，俗世。我們所知是如此有限。尼祿皇帝有隻會說希臘語和拉丁語的椋鳥。莫札特把一隻椋鳥養在他鋼琴邊的鳥籠裡。

歐文在我身旁咿咿呀呀地啜飲牛奶。他伸出指尖，探觸嬰兒揹架的質感，眨了眨修長的睫毛。

16（作者注）「所有事件之中，占卜師和占卜師社群的地位極其崇高，無論承平或是戰時，若非經過他們的核可，凡事皆不准進行；氏族集會、行軍演練、至高要事，若是禽鳥昭顯惡兆，一切皆將暫止或是取消。」

我們在門上釘上一個聖誕花環。我們買了一株六十公分高的聖誕樹盆栽，穩穩架在嬰兒車的車頂，推著它走了二．四公里回家。我們吃了成斤的*pizza rossa*；我們買了奶酥餅乾，餅乾的奶油是如此濃郁，甚至滲過裝餅乾的紙袋。大雨之後，臺伯河畔的洩洪道堆積了一排排塑膠瓶和橄欖球，白沫之中，虹彩般的廢棄物一再迴旋，不停流轉。鮮花廣場上，一個男人拿起帚柄捅一捅書報攤的棚頂，驅趕鴿群。一六〇〇年因為異端言論被活活燒死的哲學家布魯諾（Giordano Bruno）矗立在廣場中央，頭戴寬大的黃銅兜帽，鬱鬱地沉思冥想。

我們走到特拉斯特維雷區，沿著一條叫做「via della Lungaretta」的長巷漫步，街上四處都是叫賣鋼筆、手鐲、電影光碟的小販，走著走著，我們被一個拄著拐杖的男人叫住。他全神貫注地研究我們的嬰兒車，捏捏輪胎，查看安全繫帶。到了現在，我不經思索就可以回答這類問題。

「嗯，你們這部嬰兒車不是在羅馬買的？」他問。他一隻腳的腳踝和小腿上了石膏。

我想說：「你總是可以網購，」於是我試了試：「*Ecco sempre l'internet*，」其實意思比較像是「這裡、永遠、網際網路」。

「我太太，」他說，「懷了雙胞胎。」

「啊。」

他嘆口氣，抬起一根拐杖輕輕敲打鵝卵石。「我們還有個女兒。」

我幫蕭娜翻譯。她跟他說聲恭喜。

「我有福氣，」他說。他望向我們後方的巷尾，臉上沒有笑容。他似乎覺得跌斷了腳踝比較算是福氣。我們一起走了一段路，他的石膏模在兩根拐杖之間來回晃動。他叫做馬可。他們的公寓有兩間臥房，他們不知道要讓雙胞胎寶寶睡在哪裡。

「非常費事嗎？」他問，我們大笑說，沒錯。*Molto lavoro*。非常費事。走到巷尾時，我們互道再見，他揮揮手，消失在他的公寓裡。

雙胞胎的父母們自成一個小團體，互相了解，存在著無需言語的同袍情誼。兩天前在銀塔廣場站，一位羅馬媽媽帶著她的雙胞胎奮力坐上電車。她一手抱著一個寶寶，另一個寶寶緊緊扣在胸前。她拂去垂落在臉頰的髮絲，盯視亨利、歐文、嬰兒車和我，有那麼短短的半秒鐘，我們的目光相遇，直視對方。我的心頭一熱。我暗想，撐著點。妳並不孤單。

到了十二月中旬，天氣陰沉，氣候已是淒冷無比。義大利人幾乎不帶小孩出門。學院附近那個專供孩童玩耍的西亞拉公園裡，石雕農牧神和精靈女神冷冰冰地矗立在噴泉的水池之中，兩隻孔雀在鐵絲網圍起的大鳥籠裡高視闊步，後面跟著幾十隻白鴿，通常只有我們這對爸媽推著小孩在公園裡散步。

維吉爾在史詩《埃涅阿斯紀》之中宣稱[17]，古羅馬人把新生兒扔進寒冷的小溪，藉此「強化他們的體魄」，但我們冬天在戶外很少看到嬰兒車，少數外出的嬰兒車裡，小寶寶裹著雪衣和羽毛絨被毯，看起來根本不像個嬰孩，反而像是一個冒出小腦袋瓜、兩隻戴了連指手套的小手、兩隻小鞋的枕頭。我們推著嬰兒車坐上公車，上了歲數的女士們一看到我們馬上拉下車窗。在超市裡，一個雪衣包到腳踝的女人看著我們把雜貨裝進紙袋，然後指指雙胞胎，問了我們一句，大意是：「你們把他們帶到**外面**？」

她以為我們怎麼來到義大利？戶外畢竟不過華氏四十五度。有時你不妨試試冬天把嬰兒車停放在陰暗之處，不到一分鐘，肯定有位義大利媽媽停下來跟你說：「小孩必須曬得到太陽。」有一次，兩位女士甚至從我手中搶下嬰兒車，推著車子往前走了三十公尺，逕自把嬰兒車安頓在廣場另一頭。

要麼維吉爾所言不實，要麼羅馬人變得嬌弱。我們幫雙胞胎穿上連帽厚運動衫和絨毛連身服。我們引來驚恐的注視。我們是不怕死的育兒夜魔俠。

聖誕節一星期之前，我們把雙胞胎交由塔希照顧。蕭娜想要玩一玩「巴士高爾夫」的遊戲，也就是隨意挑部公車上上下下。一個男人坐在一家餐廳外面仔細繪製約翰．馬可維奇的滑稽肖像。一家百貨公司只販售修士修女的服飾，繡花十字褡、紫色聖衣、修女雨衣、修女行李箱，一應俱全。特拉斯特維雷區的露絲街（via della Luce）有家糕餅店，托盤、紙盒、碟子裡全都擺滿餅乾，宛如糕餅的聖殿。

一部公車緩緩停下，蕭娜拉著我上車，我們坐了兩站，她又拉著我下車。我們在幾個教堂的側翼，小口小口地啃食巧克力棒。在風格華麗、文藝復興後期興建的羅馬耶穌堂（Chiesa del Gesù），一個穿著連身工作服的工人爬進管風琴手的座廂，拿著閃閃發亮的手電筒照過一排排高聳的風管。在狹長、筆直、滿是古董商行的朱立亞大道（via Giulia），一位皮膚布滿蛋殼般細紋、歲數相當大的老先生，胡亂擺弄櫥窗裡的耶穌誕生塑像，一下子重新排列牧羊人和羊群，一下子調整迷你水車，忙了十五分鐘。

黃昏左右，我們晃過一條繁忙的街道，走入一個開闊的中庭，穿過另一扇敞開的大門，邁入一座我所見過最令人驚嘆的教堂。

17（作者注）「自幼強健，生來健壯／我們帶著新生嬰孩來到溪畔；手抱我們的男孩，在溪水中為他們洗浴／冬季冷冽，鍛鍊他們耐寒。」此乃Dryden的翻譯。另一個版本是：「小兒初抵人世，我們抱著他們來到溪畔／波濤洶湧，冰冷嚴寒／我們強化他們的體魄。」

你最先注意到的是教堂竟然如此白淨。只有幾座扶手帶點金色，除此之外，一顆顆六角星、一扇扇窗戶、一座座樓廳，全部都是白色。然後你注意到教堂裡沒有臺柱、登註處和唱詩班長椅，也沒有附屬禮拜堂，感覺非常開放。六扇高窗，其中兩扇斜斜投射一縷縷日光。這裡感覺不像教堂，而像是禮拜堂；不像天主的神殿，而像是光的殿堂。

教堂的平面圖是兩個上下交疊的等邊三角形，宛若一顆邊角被吹得往裡彎縮的大衛之星。隨著牆面的延展，地面精美繁複的幾何圖形營造出一連串凹凹凸凸的感覺。我感到暈眩，不得不靠在一張長椅的椅背上。我們被包覆在奶白的胃壁之中，一再仰頭，盯視愈來愈緊的喉口。

根據我們的旅遊指南，這座教堂是波若米尼設計的「聖依華堂」（Sant'Ivo alla Sapienza），這倒是說得通，因為這座教堂顯然形似「四泉聖嘉祿堂」。我大聲朗讀簡短的介紹。教堂完竣於一六六〇年。內部材質為灰泥。圓頂的靈感來自古籍描述的巴比倫塔。

「只講了這些？」蕭娜問。

「只講了這些。」

她眨眨眼。「這座教堂值得用四百頁來介紹。」

我們找個角落坐下，試著數一數沿著圓頂攀升的六角星，但是我們很快就頭暈目眩，數不下去；我們彷彿置身巢室，我們彷彿被困在雪花中央的千百顆晶體之中。長椅、十字架、矮小的祭壇——似乎全都無足輕重，可有可無。你的眼中只有幾何圖形、天花板，以及無盡的空曠。在迴旋飄轉的牆壁上，我瞥見各個圖像：山脈溪流、白雪隨風飄過公路、一列登山者沿著冰山的邊際緩緩攀爬。周遭萬物排列拆解，拆解排列，幻化為種種圖像。我們坐在小小的長椅上，感覺教堂在我們上方纏繞盤旋，或若冬日之心，或若灰泥飛濺。

夜幕低垂。我們走出教堂，仍感暈眩。回家途中，在巴士的車窗中，我們只看到自己蒼白、震懾的倒影。

我幫小說做的筆記蒙上一層灰塵。我寄出一篇為《波士頓環球報》撰寫的書評，坐在學院的圖書館，感覺羅馬無窮的精力與夢想，深深受到牽引。我動筆書寫一篇關於聖依華堂的札記，我心想，我花十分鐘在筆記簿裡描述這座教堂，然後回到研究室開始寫小說。四小時之後，我依然坐在圖書館，閱讀十七世紀的建築史籍。波若米尼的贊助者非常不信任聖依華堂的迴旋圓頂，生怕圓頂支撐不住，波若米尼甚至親自擔保，保證教堂十五年不會崩塌。稀有礦石炙手可熱，建築師們為之大打出手；數世紀以來，石匠們始終切割古建築物的大理石和斑岩圓柱，重新利用，鋪設教堂的地面。

羅馬的每個世代似乎總是拆食上一個世代；一切皆可搶救、回收、改造。尼祿在他那座占地八十三公頃的行宮入口，幫自己豎立一座高達三十七公尺的銅像，他自殺身亡之後，後人重塑銅像頭部，使之神似繼任君王。十四世紀興建，至今依然矗立在古羅馬競技場附近的君士坦丁凱旋門，其雄偉的巨石和雕飾，多半掠奪自前任君王們下令興築的紀念碑。

羅馬帝國取用希臘人的文化、伊特魯里亞人的基礎設施、非洲人的方尖碑。西元四五五年，汪達爾人拆下朱比特神廟每一寸黃銅，用來裝飾君王的宮殿。西元六六三年，拜占庭帝國的君士坦斯二世拆下萬神殿的鍍金屋瓦，運回他在君士坦丁堡的宮殿。文藝復興時代的建築師利用古羅馬的支架重建水渠，挖出羅馬帝國的石灰，用來興建他們自己的教堂。一四五二年，工人們據說一天之中從萬神殿鑿下兩千五百多輛推車的岩石，運至聖彼得大教堂的建築工地。有興趣請看新建的神殿，跟舊時的神殿是不是一模一樣呢？

萬神殿柱廊的擬金黃銅比屋頂的石瓦多熬過九百五十年，直到一六二五年，教宗烏爾班八世將之熔化，用來鑄造聖彼得大教堂祭壇上方的華蓋。至於剩餘的黃銅，據說被教宗用來製造了八十枚大砲[18]。

我們家這座山丘的帕歐拉大噴泉，正面外牆的大理石來自古羅馬廣場的米諾瓦神殿（Temple of Minerva），一千八百年歷史的石柱被拖上雅尼庫倫山丘，厚重的石板切鑿再製，重新架置。一六三八年，貝尼尼拆除戴克里先浴場（Baths of Diocletian）的石柱，興建聖彼得大教堂前的鐘塔；八年之後，尚未完工的鐘塔遭到拆毀，石柱又被拆除。

羅馬迴繞著一個又一個故事——愈深入圖書館的藏書區，愈多故事在身邊迴旋飄蕩。一四八五年，一位教宗的外甥在牌桌上打敗另一位教宗的外甥，贏家用這筆賭金興建坎榭列利亞宮（Palazzo della Cancelleria，一譯文書院宮），這座三層樓高的宮殿矗立在鮮花廣場旁，占地一整條市街。這事屬實嗎？屬不屬實又有何差別？

有件事情值得花一天思索：米開朗基羅設計的法尼榭宮（Palazzo Farnese），檐口底側高掛著最起碼兩百朵石雕玫瑰，俯視任何一位願意仰頭觀賞的遊客。石雕玫瑰每朵都跟圓桌一樣大，而且形狀全都不一樣。這種藝術品得花費多少時間雕製？

還有一事也值得深思：羅馬的古神殿、紀念碑和雕像，原先大多漆上顏色。古羅馬城並非灰白，而是有如電光般天藍、草莓般鮮紅、陽光般豔黃：洋紅的神殿，紫羅蘭的天空，宛如一本七歲孩童的著色簿。在梵蒂岡一個叫做「白之顏彩」的展覽中，一座石獅鬃毛深藍，指甲粉紅，瞳孔青綠，恰是石獅雕塑者意欲表現的模樣。請你想像一座雙眼淡褐、雙唇橘紅的凱撒半身像，或是一座上了眼影、鼻孔深紅的斷臂維納斯。請你想想：纏繞著圖拉真凱旋柱的浮雕曾經有如一道長達兩百公尺的色帶，柱底到柱頂每一個三十公分高的士兵、每一根樹幹、每一艘戰船，全都仔細上色，煥發出不同深淺的棗紅與金黃。

18（作者注）這位烏爾班八世教宗，據稱剛剛當選之後就下令全數格殺住處窗外的鳥兒，因為鳥兒叨擾了他的清夢。

根據謠言，聖彼得根本不是安葬在梵蒂岡之下，而是埋葬在雅尼庫倫山丘，或是耶路撒冷。謠言亦宣稱，羅馬最巨大的方尖碑——也就是第十四座碑塔——埋在萬神殿底下的某一處。我見識淺薄，所知更是有限。我永遠無法參透其中十分之一。學者們可以花十年光陰研究羅馬的風向儀、拱門，或是洗禮堂的殿門，但是能夠深入到什麼程度？三個月之前，我帶著一本我覺得應當寫得出來的小說，搭機飛抵羅馬。如今我身在何處？置身何時？我眨眨眼，吸口氣；周遭藏書的書脊蠢蠢欲動，窸窣作響，冊冊記錄先人的思緒，冊冊都是先人的心血結晶，冊冊有如波浪般匯入羅馬、沖擊羅馬。

塔希照顧雙胞胎，蕭娜和我花個傍晚選購聖誕禮物。回家途中，聖彼得廣場下起雨，我們躲進大教堂取暖。長椅坐滿了人，一大群年輕人擠在中央通道，說不定是學生。他們高舉手機和照相機，鎂光燈啪啪亮起。一座架在長桿上的白蠟十字架越過他們頭頂，慢慢移向祭壇。我們擠到群眾後頭，我放下購物袋，雙手圈住蕭娜的臀部，把她抬起來。她為我描述：一列隊伍緩緩行進，六名身穿芥末黃與藍色制服的瑞士近衛隊領頭，西裝革履的男士們緊隨其後，接著是身披紅袍的樞機主教。人人從我們後面往前擠，一邊低聲說話，一邊喀嚓照相。「*È qui*，」他們說。他在這裡。

兩年前，當我岳母和我走在紐約市的三十七街，準備參加一場朗讀會，丹佐．華盛頓忽然從一棟建築物走出來，停在我們前方約五公尺處。馬路對面、警戒線之後，一群女人開始大喊：「丹佐！丹佐！」丹佐．華盛頓抬頭看看，揮了揮手。他參閱手中的一頁紙張，看了大約一分鐘，某人趁機蹲下來，調整一下配戴在他背後的麥克風延長線。一部攝影機架在升降機上，在旁靜候，升降機收疊起來，好像一隻沉睡中的昆蟲。一部卡車沿著街道噴水。我們誤打誤撞，闖進了拍電影的現場。

奇怪的是，丹佐．華盛頓看起來是如此熟悉，我甚至不得不壓下一股拍拍他肩膀的衝動。嗨，丹佐，是我！你最近還好嗎？

當教宗若望．保祿二世終於出現在聖彼得大教堂的中央通道，我不禁興起同樣的衝動。他坐在一張軟墊座椅上，被人抬著走過通道，群眾踮起腳尖，我挺直身子，盡量抬高蕭娜，在那短短的一秒鐘，我從摩肩擦踵的人群之間瞥見教宗。他離我大約六公尺，滿臉皺紋，神情疲憊，頸背低垂，下巴碰到胸膛，不停點頭。他的輪廓非常清晰，眼神柔和。他看起來非常眼熟。那是一張我已經看了上千次的臉龐。說不定不只上千次；他從我四歲之時就已擔任教宗。我有股過去跟他打招呼的衝動：嗨，若望．保祿，是我！我和蕭娜！

然後他消失在視線之外。我放下蕭娜，我們畢竟只是上萬群眾之中的兩人。不到一分鐘，教宗已被攙扶到祭壇華蓋附近，只見一個白色的身影坐在四十五公尺之外的椅子上。有人對著麥克風講起連珠炮般的義大利文，我們走出教堂，回到雨中。

冬至是蕭娜的生日。我早上放自己半天假，我們享用牛角麵包，走到鮮花廣場附近一家朋友推介的埃及玻璃飾品店。店裡堆滿蒙上灰塵、五顏六色的玻璃器皿，綠色、藍色、黃色的水罐、餐盤和水晶吊飾，還有成箱成打的菸灰缸。天花板低矮，磚牆被木餾油薰得發黃。貨架的鐵釘似乎具有百年歷史，地下室某處偶爾傳來乒乒乓乓的破裂聲。我們買了一百朵單價僅幾分歐元的玻璃花，打算用皮繩串起，掛在我們那株小小的聖誕樹上。

距此東北方，康多堤大道（via Condotti）沿街的精品店裡，燈光閃爍的小矮樹豎立在紅地毯上。巧克力蛋糕和色澤誘人的糕點擱放在蕾絲邊的白紙上，陳列在通明的玻璃窗中。路易威登的一個手提包索價三千九百歐元；愛馬仕的一件皮衣索價九千一百歐元。我們沿街漫步，走到人民廣場（Piazza del Popolo），我們看著廣場上兩個體重加起來說不定不到七十公斤的老太太，靠在欄杆上大嚼幾球跟網球一樣大的冰淇淋。一個小男孩踩著三輪車的踏板，他爸爸用雨傘的握把勾住三輪車的車把，拉著他前進。手風琴樂聲四起，一家咖啡廳傳出烤麵包、海鮮料理、潑灑啤酒的氣味。

居住於此，幾乎有如生活在一個充滿奇想的世界——蜿蜒的巷弄，沉睡的雕像，冬陽低垂，松柏樹梢左右搖擺，滲出陣陣寒意。

聖誕夜，我們抱著雙胞胎走上學院的階梯，跟他們一起坐在那間大起居室的地板上。他們雙眼微濕，映現出聖誕樹緩緩閃爍的微光。研究員和藝術家多半都已返回美國過節，周遭沒有腳步聲、沒有人在門後說話、沒有人喀喀拉上百葉窗，甚至連鬼魂都銷聲匿跡，整棟建築物安靜無聲。圖書館上鎖，研究室緊閉。說真的，整座雅尼庫倫山丘似乎在小雨之中墜入夢鄉，只見幾盞燈火在樹籬之後微微閃爍，雨滴輕輕滑下菩提樹梢。

我們好不容易把雙胞胎抱進嬰兒車，奮力推著車子走下石階，邁入飄著小雨的特拉斯特維雷區。一個吉普賽女孩假裝殘廢，躺在教堂階梯上呻吟；一個醉鬼搖搖晃晃跟在我們後面，問我們打從哪裡來（「芬蘭！」我告訴他），街上似乎只剩下無家可歸的社會棄兒。百葉窗透出灼灼的燈光。亨利輕聲對著自己哼唱。

特拉斯特維雷街附近的一座教堂裡，我們把嬰兒車停放在洗禮盆旁邊，穿著雨衣站在原地，直到彌撒結束。聖餐——一小片浸在甜酒裡的圓餅——直接放進我的嘴裡。我左手邊有座聖母瑪利亞的石膏像，聖母頭戴看來廉價的禮冠，金光閃閃。我推著嬰兒車慢吞吞地走向教堂後頭，一排排長椅在我右手邊嘎嘎晃過，一支支蠟燭在我左手邊火光灼灼，歐文從嬰兒車裡看著我，小臉綻放出微笑，觸動了我心中小小的心鈴。

彌撒結束，燈光大作，約莫三十位老太太魚貫而出，一個接著一個對著雙胞胎微笑。

Che carini。*Che belli*。

蕭娜懷孕時，一位護士定期讓我們在超音波的螢光幕上看看雙胞胎。顆粒粗大、解析度低的螢幕上出現一、兩隻小手、橢圓形的頭蓋骨、搖擺晃動的手腳——我們好像凝視著深海之中的古怪生物。他們的雙腳狀似小魚，眼眶空洞漆黑，看起來顯然不像個小人兒。我和蕭娜試了兩年，她卻始終無法受孕，我已經漸漸接受生兒育女是個福分，而我們無福消受。即使蕭娜做了驗孕測試，證實懷了身孕，即使蕭娜懷孕第二十週，我們看見那個將被命名為亨利的小傢伙東西盤起腳踝窩在羊膜裡、歐文在旁邊的胚囊裡扭動身子，即使醫生不准蕭娜下床，即使骨盆底肌肉、子宮頸黏液塞等字彙天天出現在我們的對話中，我依然不敢相信我們如願當上了爸媽。

一晃眼之間，雙胞胎已經九個月大，而且我們一家四口頭一次歡度聖誕節。我們兩個兒子健健康康，安然無恙，我看在眼裡，天天都感到訝異。我等著他們變回深海怪獸；我等著某人把他們其中之一帶走。

今天晚上，他們匍匐爬過走廊，好像偷偷摸從鐵絲網底下爬過去的士兵。他們的眼睛閃閃發光。他們張大嘴巴，一臉專注。

上床睡覺之前，我們把他們抱進澡缸，把一杯杯清水倒在他們頭上。他們的肋骨隨著小小的胸膛起起伏伏。他們坐在小塑膠椅上，往前一靠，劈劈啪啪拍打水面，逗得彼此大笑。蕭娜回頭看看我說：「我們有**兩個小孩**。」

聖誕節早晨：雨勢不曾歇止。我們一家四口坐在我們那棵小聖誕樹旁邊，聖誕樹枝葉雜亂，掛著玻璃花，四周擺滿雙胞胎的禮物和美國寄來的禮品。義大利友人的禮物包裝精美，極易辨視。義大利人就是有辦法把一本舊教科書包得像是黃金和乳香樹脂。

我的小姨子寄來自家烘培的巧克力脆片餅乾，據說羅馬猶太人區的一家糕餅店也買得到這種餅乾，但我們去了兩次都吃閉門羹。我一口氣吃了十五塊。

我的出版商寄來一本哈洛德．馬基（Harold McGee）的《食物與廚藝》（*On Food and Cooking*），我花了整個下午閱讀蕈菇的種種常識，比方說我們食用的蕈柄和蕈蓋只是蕈菇的一小部分。其實任何一種蕈菇絕大部分存活在地下，精細微小的蕈絲在地下布設出龐大的網路，延伸到泥土各處擷取養分。光是一立方公分的泥土就可能蘊藏多達兩千公里的蕈絲。

我心想，羅馬也是如此。羅馬絕大部分埋藏在地底下，歷史的枝枒是如此錯綜複雜，甚至每一分寸都懷帶著上千年的往事，絕對沒有人能夠解開所有謎團。

到了晚餐時間，雨水已經稀哩嘩啦滲入百葉窗。雷聲輕緩，我們甚至不太確定是否打雷。我們享用豬排和番茄莫札雷拉起司沙拉。歐文從毯子上滾下來，趴在地上，膝蓋頂向胸膛，爬過廚房地板，一手、兩手，一膝、兩膝，好像已經爬滾了一輩子。「天啊，」蕭娜說，叉子從手中掉了下來。他抬頭看看我們，咧嘴一笑。

我們幫他們洗澡。我們把他們抱到嬰兒床上。歐文滾來滾去，撞上嬰兒床的護欄，好像小小的龍捲風。

說不定初次為人父母就像遷居到一個陌生的國度。我們面對所謂的「之前」和「之後」、「昔日的生活」和「嶄新的生活」。有時我們懷疑「之前」的自己是何許人。有時我們納悶「現在」的自己是何許人。有時我們的雙腳疲憊不堪。有時我們發現自己伸手拿取育兒指南。

我們的傲氣一再受挫——謙遜有如懸掛在頭頂上的鐵鎚，時時當頭棒喝。喔，你的小說評價不錯？很好，你可以讀一讀書評，但請你先把小孩睡衣上的大便擦乾淨。喔，你覺得你在羅馬待得夠久，有辦法在市場上討價還價？你猜怎麼著，你剛花了八歐元買了三個塑膠衣架。

每隔幾天都會出現美得令人心疼的時刻。我們這輩子從未如此疲倦，但也從未這麼開心。我們咧嘴傻笑，比手畫腳，揮舞著手中的食物，想盡辦法跟人溝通。我們的睡眠品質大不如前。我們有所期待，比方說今天說不定有時間沖個澡、七十五號公車說不定真的會出現，結果卻是經常落空。就當我們以為已經制定出一套系統，比方說雙胞胎每天小睡兩回、蕭娜發現一家星期天照常營業的串燒烤雞店，系統卻宣告瓦解。就當我們以為自己是識途老馬，我們卻迷了路。就當我們以為自己曉得接下來有何進展，一切卻起了變化。

聖誕節隔天，我們一家四口一覺醒來，全都患了重感冒。我的鼻粱好像承受深海水壓的重擊，鼻子抽痛，一直延伸到眼下。蕭娜幾乎無法起床。亨利一臉陰鬱，瞪著空中。歐文最嚴重。他坐在氈毯上，咳得像個老菸槍，兩道黏稠的鼻涕噴濺而下，流到上唇。他咳個不停，頭低低的，戴著手套的小手猛抓臉頰。

我們好像困鎖在一個緩緩沉落海底的皮箱裡。蕭娜計算感冒藥的劑量，倒進點滴器裡。我打開電腦，讀到斯里蘭卡發生強震，兩千人因而喪命。十五分鐘之後，CNN報導印度和泰國也發生強震，五千人因而喪命。然後死亡人數增至一萬。

我們服用味道可怕的義大利感冒糖漿。下午我昏沉沉地睡著，而且連續做了幾個惡夢，夢見自己不注意害死了雙胞胎。夢中，我一手抱著亨利走進公寓，一手抓著太多袋雜貨，一失手把亨利摔到樓梯上；歐文從那張我們用鋸木架和木條拼湊而成的尿布桌滾了下來，一頭撞進浴缸；我抱著亨利走到露臺，他突然墜落到露臺下；我抱著歐文走到窗邊賞鳥，他啪地跌出窗外。

我醒來，全身顫抖。到了晚餐時，地震的死亡人數已達兩萬五千，梵蒂岡的收音機說那是海嘯。海嘯：日語為「津波」，亦即「港邊的波浪」。

那天晚上我們幾乎沒有闔眼。我們一下子發燙，一下子發冷。汗水浸濕了我們的衣衫。我們抹去鼻涕；我們躺在黑暗中，感覺疼痛有如枝枒般漫過我們的額頭。

伊拉克某處，一位英國士官長遭到殺害。印尼雪白的沙灘上，上千具屍體漸漸腐壞。凌晨兩點左右，我查看一下嬰兒床裡的歐文。他雙眼大睜，毫無睡意，但是沒哭。他的頭髮濕黏，貼在額頭上。我幫他換尿片時，他的胸膛蒼白，胳臂冰涼。他發燒到華氏一百零二度[19]。到了早上，他開始咳嗽，而且咳個不停，一次連咳三聲，然後嚎啕大哭。我們抱著他在公寓裡跑來跑去，我們把各種玩具拿到他面前，試圖安撫他。接下來二十五分鐘，除了偶爾停下來吸口氣，他依然不停咳嗽。蕭娜終於拔下電話線，讓他把玩電話按鍵，總算讓他安靜了一會兒。他坐在電話機旁，上身輕輕前後搖擺。我在房間另一頭都聽得到他的呼吸聲。

「他只是咳嗽，」我告訴蕭娜。「只是發燒。」

但是我們怎能確知他不是受困於致命的惡疾？忽然之間，末世的陰影似乎悄悄漫過萬物。海嘯的死亡人數持續攀升，好像赤字累進機的指標；八萬、九萬。我的眼睛離不開電腦螢幕：一株株大樹貫穿屋頂，一個個孤兒在帳篷裡哭泣。旅館餐廳淹滿褐黃的海水。一塊罩著碎布的浮木逆水而流，漂過樓房之間。

「關機，」蕭娜說。「你看夠了。」

我繼續觀看。那塊浮木不是浮木。那不是浮木。

一個巨大無比的玄武岩板塊，以跟指甲生長差不多的速度，緩緩滑過地表，重重撞上另一個板塊，衝擊力引發的海浪，淹死了十萬人。

十萬人。博伊西半數的人口。其中包括我認識、我見過的每個人嗎？這個數字大到令人無法理解。

小兒科醫生騎著偉士牌機車前來。「整個羅馬都病了，」他說，然後在我們的水槽裡洗

19 攝氏三十八．九度。

手洗了三分鐘。他說雙胞胎需要休息、熱騰騰的蒸氣、更多感冒糖漿。離開之前，他請問可否借用一張衛生紙。

歐文坐在他媽媽的大腿上，看來頭昏眼花，感冒藥起了作用，病菌起了作用，他身上每一個幼小的細胞都在奮戰。我走去我的研究室，翻開一本筆記簿，提筆書寫：風吹得窗板嘎嘎作響。你害怕嗎？我只寫了這一句。早上其他時間，我都在電腦上觀看新聞中受到巨創的村落。死亡人數已超過十五萬。

此地長眠者，聲名水上書。再添一人。再添一人。

雨滴敲打玻璃窗。生活在二十一世紀就是這種感覺嗎？我朋友艾爾寫道：「開始把動物集中在一起。我來準備方舟。」我心想，我應該考慮把斧頭藏放在臥房的角落。

若從太空俯瞰地球，你會看到三十塊地層板塊漂浮在半熔的岩流圈之上，有如一個焚燒鼠尾草和旱雀麥的火絨箱，你絕對無從得知地球上的人間悲喜，也絕對想像不到我們的沙漠、森林與溼地面臨多麼迫切的局面。人類的慾望灼灼耀目，我們視而不見，我們一再淡忘。羅馬再度展現其相對性：在這裡，時間的感覺既是浩大永恆，亦是稍縱即逝。今日，我們是眾所矚目的焦點，聲勢宏大，重要非凡；隔天，我們是一朵雪花，穿過白雲，盤旋飛舞，飄入神殿屋頂的圓孔，緩緩落地，消失無蹤。

如果以一座足球場代表地球四十五億年的歷史，那麼農耕時代至今，歷時一萬年的人類歷史，不過是一條百分之二公分寬的底線，幾乎如同草刃般單薄，微不足道。

命運反覆無常；我可能是你，閱讀著這張書頁；你可能漫步於斯里蘭卡的防波堤，或是在你龐貝古城的廚房裡烹調晚餐，跟你的女兒一同歡笑，渾然不知你只剩下五分鐘的性命。大風可能撕裂你的外衣，一小群細菌可能藏身在你的漢堡裡，世間各處都讓人想起我們所能掌控的竟然如此有限。

出門、吸氣，甚至綁鞋帶都可能冒著風險。你彎腰；一枚你沒看見、沒聽見的子彈可能剛好颼颼飛過你的頭頂，也可能直接射穿你的咽喉。老普林尼和一世紀的古羅馬人在陸上操練海戰，以雜耍競技取樂，奴隸和市民的人口幾乎一樣多，但是他們似乎比我們更了解命運的無常。即使是其中大多自認與諸神一樣偉大的君王們，也可能因為一陣劇咳、一盤有毒的蘑菇，或是背上挨了一刀而送命，跟普通人一樣死得沒什麼價值。

西元七十九年八月二十四日，老普林尼在羅馬南方的那不勒斯灣，忽然看到維蘇威火山冒出煙霧。他下令船隻做好準備，航向龐貝附近的濱海觀光小鎮斯塔比亞（Stabiae）。「當時他害怕嗎？」他的外甥不禁懷疑。「似乎不怕，因為他繼續觀察那個可怕的雲層做出什麼變動，而且記錄見到的景象。」

海風載著老普林尼航越海灣。灰燼和火山浮石有如雨點般打在甲板上。他作筆記；他猜測火山為什麼爆發。抵達斯塔比亞之後，他會晤當地首長，甚至泡了澡。樓房搖晃；灰燼有如巨浪般傾落到街道之上。他協助疏散，護送民眾到岸邊，但是海水已經上升，船隻也遭到風勢所困。根據他的外甥，老普林尼躲到一張船帆底下，說他想喝些冷水，兩名奴隸試著扶他起身時，他已窒息身亡。

老普林尼十七歲大的外甥已經回到米塞努姆島（Misenum），當他凝視海灣另一端，肯定很想知道他叔叔的命運如何。火山灰隱隱飄蕩，遠處的天空一片蔚藍。我心想，我們之中那些坐而靜觀的人，跟我們之中那些航越海灣的人，究竟有何差別？好奇心可能是種勇氣嗎？

「他們用衣服把枕頭綁在頭上，以免被從天而降的東西打中，」老普林尼的外甥寫道。「到了此時，其他各處都已日光盈盈，但他們依然置身比平日夜晚更加漆黑、更加凝重的黑暗之中。」

除夕夜，我跟幾位研究員聚在學院的屋頂喝杯啤酒。蕭娜身體依然不適，雙胞胎終於慢慢康復，躺在他們的嬰兒床裡沉睡。幾星期以來，我只幫我那本以大戰為背景的小說寫了寥寥數頁。碩大血紅的明月斜斜懸掛在阿爾巴諾山丘的上空，十一點五十分，舊市區、特拉斯特維雷區、市郊、遠處山丘上的城堡區等各個鄰里，紛紛朝著天空施放煙火，夜空中輕聲綻放出上千朵青綠艷紅的火花。一月的神祇「雅努斯」（Janus）是羅馬門神，執掌大門拱道，象徵過渡時期與中間地帶。他掌管鄉村與城市之間的邊陲之境，關照收成與生育；他是「羅馬美國學院」的福神，雅尼庫倫山丘就是紀念他。

印尼某處，車輛依然困在樹間，民眾驚慌受怕，沉睡於瓦礫之中；羅馬市區，煙火的殘渣被踢進排水道，小飛俠飛越人民廣場，一個個漆黑的人影在學院前方的雅尼庫倫山丘漫步，有些人手牽著手，抬頭看看我們，然後低頭望向山丘下的羅馬。

回家途中，我暫且駐足在正門的臺階上。一尊雅努斯的雕像守護學院大門，一張臉孔看著前方，另一張臉孔看著後方。雲層滲出銀銅般的光澤，閃閃爍爍，屋頂蒙上一片迷濛。我左邊是瓊恩．琵亞賽克基的研究室，其內到處都是雕刻精美的樹幹、上了油彩的樹枝、鑽了小洞的石頭。我右邊是喬治．斯托爾的研究室，內部一塵不染，全都漆上白漆，六個一絲不苟、細細打磨的石膏盅碗靜置在桌上。

上方三公尺之處，雅努斯凝視瓊恩和喬治的研究室，細看特拉斯特維雷區和梵蒂岡，窺探過往與未來。雜落與潔淨，紛擾與寧靜，過去與未來；再再相對，再再雙生。

我真討厭看著孩子們生病。當你從來沒有見過他們從病中康復，你實在很難說服自己他們能夠戰勝病魔。

一月四日，我的第二本書在英國上市，出版社安排我飛往倫敦。高空之下，阿爾卑斯山起起伏伏，綿延無盡，山峰處處覆滿白雪，閃閃發光。盥洗室裡，衛生紙旁邊以英文標示Tissues，抽水馬桶旁邊以英文說明Press here to flush。空服員說聲「*Buongiorno*」歡迎我登機，然後口操完美的英文說：「您想喝些什麼？」

我非但沒有感到自在，反而有點失望。那種懊惱的心情，就像無意之間聽到羅馬的美國觀光客說出「喔，我去過聖基茨島」之類的話語。我是他們其中之一，幾乎也是個觀光客，但是我在周遭全是義大利人的環境待了四個多月，這會兒造訪倫敦，聽到別人跟我說英文，再度得以偷聽別人的對話，感覺卻像是作弊，好像生活不應該如此順理成章，好像我們美國人應該受到提示，始終謹記這一點。

蕭娜現在應該已經哄著雙胞胎小睡片刻。我想到今天早上歐文匍匐爬過學院起居室的木板地，蕭娜和我坐在吧檯外面的古董置物箱上啜飲瑪奇朵，歐文趴在地上，小小的身軀滑過原木地板，小小的手掌啪啪嗒嗒，朝向掉在地上的一把湯匙、壁爐和他媽媽的鞋帶前進。他伸出手指輕撫木雕置物箱的箱面，興高采烈地尖叫。

當小孩可以自行離開母親身邊，瑪利亞．蒙特梭利稱之為「第二次出世」。沒錯，歐文確實像是另一個小孩，他幾乎不哭不鬧，不停想辦法把自己推送到別處。

七四七客機輕輕搖晃，電視螢幕畫面空白，空服員推著小餐車往返。法國消失在白色的煙霧之中，天空緩緩飄逝。

十五小時之後，我返回羅馬。蒙特韋爾德繁忙而漆黑。書報攤，披薩屋，街角的小酒吧，兒子站在吧檯的卡布奇諾咖啡機後方，爸爸站在收銀機的後方，兩人都戴著紙帽。種種景物一閃而過；你瞧，那邊、那邊，啊，不見了。我們的生活侷限在這十五條街之內，而我以往只是步行經過，這會兒坐在計程車後座，看著熟悉的街景匆匆閃過，感覺相當奇怪。

我跑步上樓，踏入家門，但是大家都睡了。我悄悄探頭看一看亨利和歐文，然後端杯茶走到露臺。繁星點點，我的鼻息如同朵朵白雲般飄逝。倫敦：一張張白皙的臉孔，一條條筆直的街道，一家家速食店，開口閉口cheers、pardon、loo，感覺好文明、好摩登。倫敦當然也是古城，但在羅馬待了一陣子之後，你會覺得倫敦似乎刷上一層新漆，充滿青春氣息；它沒有被龜裂傾塌的古蹟壓得喘不過氣，也不至於塵土飛揚，陳舊不堪。星巴克和肯德基在街角閃閃發光。每一份菜單都以英文書寫，每一個招牌都讓人看得懂。但是這裡呢？我可能在羅馬居住二十年，依然錯過某一條離我們家十條街、兩側綠樹成蔭的重要幹道。羅馬是個謎團，而這正是令人著迷之處：它的韌性，它的沉穩，沉澱於臺伯河淤泥之中的往事；大風吹來非洲的灰沙，雨水沖垮古老的廢墟，在這個承載著了千百年的歷史的古城，事事難分難解，每一塊石頭終將化為一體。

今晚，不曉得為什麼，我幾乎可以理解宇宙正不斷擴張，時間與空間向外飛漲，我們的星河一再迴旋，愈來愈寬廣，閃爍在露臺上方的微弱星光，遠比羅馬的基石、上古的恐龍更古老，而散發出光芒的群星，有些說不定早已爆裂，留下一個個冒著黑煙、沉重得難以計數的碳石空殼。

然而，星光依然閃爍，有如來自過去的照明燈。

天天都是一身圍巾和羽絨衣。天天都是口袋裝了太多東西——背後口袋一瓶牛奶，胸前口袋再裝一瓶。筆，皮夾，會話手冊，鑰匙；一條方便雙胞胎趴在肩上的毛毯；記事本，紙幣夾；肩背式嬰兒背帶繫綁在胸前，包住亨利；歐文在我的左手臂彎裡扭來扭去，小手抓著我的頭髮，下巴往後一仰，儼然成了一隻憤怒的金鋼狼。我咬著一封貼上郵票、準備投寄的信函，手腕上掛著一個塞滿紙張的回收袋。我帶了奶嘴嗎？嬰兒車的遮雨蓋呢？

在美國，每次在街上或是超市被別人叫住，人們幾乎總是指著嬰兒車說：「雙胞胎？你肯定忙壞了。」他們當然沒有惡意，但是聽到別人點出一個你無法忽視的事實，你依然不免喪氣。我比較喜歡那些對著嬰兒車彎下腰、輕輕說聲「好漂亮」的義大利媽媽、面帶微笑走過我們身邊的孩童，以及今天碰到的那位羅馬老先生，他叫住我們，對著亨利和歐文咧嘴一笑，跟我握握手，鞠躬說聲「*Complimenti*」。容我說聲恭喜。

一月中旬，蕭娜的媽媽飛抵羅馬。隔天早上，她答應七點就從下榻的旅館過來我們家，幫我們看顧雙胞胎。蕭娜和我火速喝完葡萄柚汁，搭乘一一五號公車前往聖彼得大教堂。我們走過寬闊空蕩的廣場，一切全都被雨水淋得溼答答，噴泉清水四濺，大教堂的門面灰白而潮溼。

我們沿著梵蒂岡的石牆蜿蜒前進，進入市區之中我們從未造訪的一帶。商店沿街兜售教宗人形棒棒糖和塑膠聖母像；一家糕餅店販售形狀有如教宗尖頂帽的西點。

不到八點，我們已經站在梵蒂岡博物館前面排隊。過了二十分鐘，我們前面的一把把雨傘慢慢移動，我們運氣好，挑到一個比較有效率的金屬探測器和票亭，很快就走過睡眼惺忪、慢慢聚攏成群的觀光客，悄悄穿過一個拱門，沿著一條一．五公里的長廊往前飛奔，長廊左側一排大窗，窗外是個陰暗、似乎朝向遠方無盡延展的中庭，中庭一閃而過，織錦掛毯一閃而過，一百二十公尺長的地圖展室一閃而過，面具展室、繆思廳、幾位呆呆瞪著我們的警衛，全都一閃而過，不到一會兒，我們前方已經沒有半個人，放眼望去只見一間又一間展室，以及窗外一棟棟外觀簡樸的梵蒂岡屋舍。我們繼續快跑三四分鐘，上氣不接下氣地衝過拉菲爾畫室，來到最後的階梯口，眼前站著一群為數六七人的警衛，多半配戴手機，我們往前一步，獨自踏進西斯汀教堂（Sistine Chapel）。

教堂裡比我想像中漆黑，而且比較粗拙，也更古老，聞起來像是霉點斑斑的舊報紙。耗時四年，成天仰躺，一天八小時，細細雕琢。米開朗基羅，一雙大耳，塌鼻，慣用左手，繪製拱頂的壁畫之時年紀還輕，繪製教堂後方的壁畫之時已是暮年。靜默之中，我們想像他晨間漫步在教堂之中，窗外飄著細雨，有如今日，他穿著皮靴，一跛一跛地走過一間間展室，灰漿牆面濡溼，等著他作畫上色，窖室寂靜無聲。你喘口氣，你繼續工作。

在那五分鐘，西斯汀教堂裡只有蕭娜和我。終究又有一對夫妻氣喘吁吁地走入教堂。一團觀光客從一扇我甚至沒有注意到的門走了進來。但是教堂裡依然不到二十人。蕭娜和我躺在《諾亞之醉》（*Drunkenness of Noah*）下方的長椅上，輕聲說話。

我們的頭顱整個往後仰，睜大雙眼，瞪視天花板。諾亞的雙腳尤其令人難忘，肌肉糾結、足背弓起的雙腳懸掛十五公尺之上，下方即是《最後的審判》（*The Last Judgement*），約拿軀體扭曲，臥倒在王座上，神情之中帶著畏怯，似乎敬畏生命的奇蹟，以及他上方那面天花板。

迷失於一處，你才得以悠遊其中，安然脫身。羅馬的冬日天光短暫，稍縱即逝，而後一片灰白，暗影重重；緊閉的百葉窗透出閃爍的光芒，好像屋裡窩藏著一塊塊金磚。奧古斯都日晷附近的馬爾茲廣場（Campo Marzio），一個櫥窗展示著兩千條真絲領帶，條條捲放在收納小盒之中，有如熱帶禽鳥般煥發出燦爛的顏彩。我們在火車站東邊的聖羅倫佐區啜飲濃稠得有如油脂的熱巧克力。離競技場半公里的聖階（Holy Staircase），二十八階大理石階，朝聖的信徒理當雙膝跪地，一階階爬上，我們看到一名男子一邊攀爬，一邊偷偷把一張摺起來的報紙塞在脛骨下。

車輛有如河流般流竄市區，一處車流順暢，疾馳行駛，另一處車流打轉，窒礙難行。蕭娜從皮包裡掏出另一張面紙。有人告訴我們，在羅馬的街道上漫步一天，等於吸進十八根二手菸。

一天早上，我推著雙胞胎走到蔬果市場，一名女子叼著香菸走過，過了一會兒又有兩名女子走過，也是吞雲吐霧。紅綠燈口，一名西裝革履的男子猛踩越野機車的油門，引擎隨之隆隆作響，輪胎碌碌轉動。

難怪教宗最近一直進出醫院。我想到亨利和歐文年僅十個月的支氣管，鮮紅而稚嫩；我也想到若望・保祿二世，他吸了八十四年波蘭和義大利的廢氣，八成連氣管的軟骨環都已磨損。

聖彼得大教堂的廣場上，記者們抽著香菸，拿起攝影機對準朝聖的觀光客：你是不是正在幫教宗祈禱？

我在幫教宗祈禱嗎？當微風歇止、光線剛好，你站在雅尼庫倫山丘的邊緣，可以看到一縷縷藍澄的煙霧覆蓋著一座座教堂。

報上刊載政府最新推行的反污染措施：

> 羅馬市府將針對牌照偶數或是奇數的車輛，限制「綠區」（fascia verde）週四的交通流量。自一月十三日起，牌照為偶數的車輛，上午九點至十二點、下午三點至七點，禁止駛入綠區。隔週週四，牌照為奇數的車輛禁止駛入。如此交替，直到三月三十一日為止。

這些規定是如此複雜、如此荒謬、如此令人抓狂，幾乎可說是妙不可言。羅馬也是如此。我們在羅馬已經住了四個月，我卻依然搞不清楚應當什麼時候到櫃檯付咖啡錢。

這樁事件亦是一例。羅馬北邊有個叫做奇維塔維基亞（Civitavecchia）的小村莊，十年前，有人在村裡一個車庫中發現一座哭泣的聖母石膏像，淚水有如血液般鮮紅。上星期，報紙刊登了一篇「集結法律、醫學、宗教及科學專家」的研究報告，報告的結論是「這樁事件乃是超自然現象，因為科學無法解釋淚水的由來。」

羅馬是一面破碎的鏡子、一條滑落的洋裝肩帶、一副複雜得令人稱奇的拼圖。它是一座漂浮在我們露臺之下的冰山，穩固它、指引它的力量全都隱藏在表面之下。

一名西裝革履、戴著反光太陽眼鏡、穿著貂毛皮靴的男人匆匆走過。一個戴著水手冬帽、帽上印著凡賽斯商標的小男孩匆匆走過。一名女子與我擦肩而過，她雙手戴著手套，緊緊握著一份樂譜，樂譜最上端印著「莫札特」。在這個城市裡，文藝復興時代的商人們奉上以鸚鵡舌烹煮的湯品。在這個城市裡，古伊特魯里亞人據稱縱慾狂歡，賓客數以千計，被控犯下「交媾」之罪的純潔處女活活埋入石墓之中，墓中留置足夠的食物，確保她們不會馬上餓死，斬首行刑時，民眾圍觀下注，打賭砍了頭的屍體會噴濺出多少道鮮血。

架上十字架釘死，架上木架燒死，暴民一節節地挖出纏繞在一起的腸子。《羅馬史》一書中，西元二世紀的參議員暨史學家卡西烏斯．迪奧（Cassius Dio）描述一位名叫波里歐的羅馬富商，富商家中備有幾個鹹水蓄水池，池中養滿海鰻，「海鰻訓練有素，專門吃人，而且波里歐經常把海鰻丟向那些他有意格殺的奴隸。」西元二三〇年，聖西希里亞在特拉斯特維雷區被熱騰騰的蒸氣炙燙三天三夜，最後才被斬首示眾。一世紀之後，聖喬治被巨大的齒輪活活輾過，還被迫穿上火熱的鐵鞋，但他依然一息尚存。一千三百年之後，凱薩．波吉亞（Cesare Borgia）的一位首長把聽差插在三叉戟上，活活燒死。一位教宗曾經迫使猶太人沿著科爾索大道與馬匹競跑，另一位教宗曾把異教徒的耳朵釘在門上。但是何謂異端邪說？問話的時機不對？拿著鏡片瞄準繁星？

我們上網安排，在翁布里亞（Umbrian）的小鎮托迪（Todi）租了一棟農舍，打算在那一帶住一星期，翁布里亞在羅馬北邊，開車大約兩小時，我們租了一部休旅車，這款名為「畢卡索」的休閒車幾乎跟農舍的租金一樣貴。為了租這部車，我必須簽七份不同的文件。我慢慢開回家，沿路一直被按喇叭。

嬰兒車。尿片，濕紙巾，兒童餐椅，兩個兒童汽車安全座椅。兩個裝滿一罐罐嬰兒食品的購物紙袋。冬天的連身嬰兒服，外套，一疊小小的羽絨睡衣。東西全都裝上車之後，我們才想到自己，隨手抓了一個紙袋裝我們的衣物。我們慢慢開過學院，啟程前往市郊時，羅倫佐忽然從警衛亭裡跑出來。

「你在開車？」他盯著後座的雙胞胎，調整一下他的眼鏡。「你以前開過車嗎？」

「我從十六歲就開車。」

他神情嚴肅，一臉認真。我判定我從未見過任何人露出如此關切的神情。「羅馬人開車不用轉彎指示燈，」他說。

我們慢慢開過蒙特韋爾德。汽車和貨車從兩側呼嘯而過。不久之後，我們已經開到新市區，看板和施工路障桶林立，還有一家希爾頓飯店和一家牽引機經銷商，一棟棟房屋矗立在開墾的田地之間，一排排閃閃發亮的車輛圍繞著玻璃鋼筋高樓。蕭娜終於索性把地圖丟到一邊，憑著直覺指點出口。我發現我如果假裝自己在打電動玩具，開起車來就容易多了。

根據一項統計數據，你在羅馬開車的死亡機率是洛杉磯或是倫敦的五十倍。羅馬人以寵愛孩童著稱，但是你如果站在人行道上，八成不到三分鐘就有兩個沒戴安全帽的小夥子，騎著偉士牌機車衝過你旁邊。

畢卡索休閒車表現得倒是可圈可點；安全迴轉，毫無意外。胡亂延展的市鎮逐漸消失。葡萄園沿著山丘攀升，偶爾可見一片橡樹林，矮小的橡樹緊抓著最後幾片葉子不放。山腰上橄欖園林立；一列客運火車緩緩駛過隧道。一部BMW颼颼從我們旁邊開過，時速大約兩百公里。雙胞胎把燕麥圈圈餅亂撒在安全座椅上，嘴裡輕輕哼著*ma*、*ma*、*ma*、*ma*。

我們租了一棟坐落在一甲田地上的石砌農舍。抵達之時幾乎已經天黑，我們在樓上的澡缸裡放了一缸黃褐色的熱水，幫歐文和亨利洗澡，把他們抱到嬰兒床裡——兩張嬰兒床都沾了老鼠屎，蕭娜花了一番功夫清除。

窗外，銀河亮晃晃，令人目眩。農舍感覺非常巨大，到處都是寬闊的房間和古老的家具，像座貨輪一樣格格作響。我已經忘了住在如此寬闊的屋裡是什麼感覺，更別提屋裡還有一座真正的烤箱、藏書豐富的書櫃、一疊疊枕頭和毛毯、兩張餐桌、一個廚房中島、窗臺和三座壁爐。我也忘了四周一片沉靜是什麼感覺。

我們爬上一張柔軟的床鋪。潔白的窗簾在四周飄蕩。這裡好安靜，我甚至可以聽到窗外大樹的枝幹輕輕搖擺，刷刷地互相拍打。

「我要一棟房子，」蕭娜說。

一月的翁布里亞灰濛澄藍。薔薇花叢光禿禿。枯葉垂掛在低矮的橡樹上，風一吹來，啪啪嗒嗒。橄欖樹的殘枝散布園中。

日出之後一小時開始飄雪。雪花銀閃閃地落在樹枝和柴堆，好像玻璃碎屑。農舍下方的山谷一片銀白；遠遠望去，三盞燈火散發出柔和的光芒。太陽緩緩上升，山丘染上灼灼的日光。早餐之後，我們把雙胞胎抱到客廳，用毛毯和枕頭築成一道屏障，收起檯燈電線和壁爐的工具。他們還不會走，但是兩兄弟已經爬得飛快，感覺時速將近三十公里。他們扶著椅子站起來；他們好像失控的卡車衝過我們匆匆架起、不堪一擊的堡壘。每隔幾分鐘就有某樣重物被拉倒，發出令人心驚的巨響，接著傳來緩慢的吸氣聲，你趕快跑過去，心想這次他說不定不會哭，但是安靜不了多久，小傢伙很快就嚎啕大哭。

我們享用烤雞、烤馬鈴薯、豬里肌、蘋果派。這是我們抵達羅馬之後頭一次使用烤箱。置身翁布里亞，你會感覺人類好久以前即以義大利為家，這種感覺甚至比在羅馬的時候更強烈。我們走到哪裡都看得到具有數百年歷史的樹林、睡意沉沉的農舍、城牆的遺跡；我覺得我們似乎驚擾了埋藏在田野中的回憶，就像我們以前在愛達荷州嚇飛了一群鵪鶉。但是我也感覺這一帶的義大利比較隱匿、比較費解，尚未完全被馴服。這裡的時光感覺比較宏大。老鷹造訪屋舍，寒霜染白桑葚，大地供出一個個圓潤光滑的小白石。泥巴沾黏在我們的靴鞋上。小徑的盡頭，黃濁的臺伯河湍湍流過，水淺之處覆上一層薄冰。

我又開始寫小說，這倒是始料未及。我腦海中再度浮現初抵羅馬、由雅尼庫倫山丘望去的景觀。那是我對羅馬的第一印象：帕歐拉大噴泉在我們身後轟隆作響，市區一個個屋頂、一座座圓頂和一處處花園，在澄藍的天空下隱約晃動。那副遼闊的景觀在我眼前飄搖，到了午餐之時，我已經寫了五頁小說，在這個短篇小說中，一個村莊因興建水壩而被淹沒。

說不定義大利已變得相當熟稔，以至於我無需一天到晚盯視。說不定只是因為我又回到鄉間，置身在一個跟博伊西非常相似的地方。在這裡，人們在山間散個長長的步，你開車經過之時，大家會跟你揮揮手，隱約的雜音不是引擎聲，而是靜默。不管原因為何，筆記簿的頁張逐漸被一個想像的世界所填滿。閣樓有張桌子，桌面布滿一隻隻乾枯空扁、足腿朝天的死黃蜂，我坐在桌前工作，寫了一頁又一頁。蕭娜坐在爐火旁的扶手椅上看書，雙胞胎窩在嬰兒床的角落，睡得好熟。整個星期，天空始終一片銀白。

一月底將至，我最近發表的一本小說在荷蘭上市，我登機飛往阿姆斯特丹，記者們魚貫走進旅館，手裡緊緊抓著我那本小說的荷蘭譯本。一座祖父級的時鐘整點報時，幾艘小木船在指針後方來回搖動，標注出秒秒的流逝。

我回答那些已經聽過十幾次的問題。當天活動接近尾聲之時，我已經喝下好多咖啡，雙手甚至發抖。阿姆斯特丹似乎是座鬼城，整個傍晚無聲無息，雨點靜悄悄地落在運河水面，沒有喇叭聲，也沒有汽車警鈴聲，只有白皙、和藹的民眾騎著腳踏車悄悄越過十字路口。街道消失在簾幕般的霧氣之中。紅燈區裡，身穿性感內衣的女子們站在公共電話亭大小的玻璃窗後，宛若上了框的一幅畫，女子們一臉無聊，動來動去，換隻腳支撐身子。

素不相識、英俊貌美的歐洲人閱讀我的小說，光是一天之內，我就在十五部相機鏡頭裡看到自己的臉孔，五年前，我絕對不敢相信未來會有這麼一天。運河，與我的荷蘭編輯共享鮮魚，旅館房間擺了一盒精緻的巧克力，旅館經理親筆撰寫的信籤，一位美麗動人的比利時女記者，搭了三四個鐘頭的火車，只為了跟我聊聊我所杜撰的故事——一切簡直有如美夢。

公關專員潔西卡陪著我漫步倫敦；另一位公關專員艾絲緹陪著我漫步阿姆斯特丹。花卉市場，另一副巨大漆黑的無線電麥克風，在阿姆斯特丹國家博物館外面拍攝宣傳照，明天搭機返回羅馬那一棟從露臺上可以看到萬神殿的公寓——你會以為感覺相當光鮮，不是嗎？其實不然。我反而躺在旅館床上，思念我的家人。人們問起我撰寫的小說，但在那些時刻，我多半覺得小說似乎出自另一位作家之手。小說好像是上輩子的事；我的心思已經轉移到別處。說不定照顧兩個小寶寶就會激發這種心情：你不可能感覺自己是個重要的核心人物，你若以為大家都得繞著你打轉，無異是癡人說夢話。

即使是此時此刻，我得以好好睡一覺，我依然無法成眠。我繼續撰寫我的短篇小說；我打開電視聽聽新聞。第一個廣告時段，一部富豪汽車輕盈駛過一條菩提樹林立的街道，忽然之間繞過帕歐拉大噴泉。這怎麼可能？但那一根根固若槍砲、雕著飛龍、巨大高聳的大理石柱，卻是絕對錯不了。

濕漉漉的街道，圓弧形的光芒，一部豪華的房車。我兩個小兒子就在距離那處僅僅兩百公尺之外，駐足於他們的夢境。

凌晨三點，我終於入睡。夢中，一朵雪花迴旋飄過萬神殿的穹頂圓窗，緩緩落地，消融之前，瞬間閃閃發光。

我抱著兩袋鬱金香種子走入家門。蕭娜跟我說雙胞胎又不肯午睡。「而且無緣無故地尖叫，」她說。「他們坐在那邊，口水滴了一身，忽然開始尖叫。」

便祕？肚子餓？我們扳開他們的小嘴，仔細查看他們的口腔——他們的牙齦腫脹鮮紅。他們流鼻水。他們不停吵著抱抱。

整個星期，我們輪流把黃褐、難聞的藥劑滴在他們的牙齦上，跟他們搏鬥換尿片，遞給他們冰凍的毛巾，好讓他們吸吮止痛。早上我繼續撰寫那篇逐漸成形的短篇小說，寫寫停停，逐段檢視，試圖琢磨出自己想說些什麼。一回到家中，我馬上支開蕭娜。照顧長牙的小寶寶就像是看管熱核融合反應爐——必須由睡得飽、精神好的人擔綱，而且最好輪班上陣。

二月一日，細雨綿綿，冷颼颼，塔希幫忙看顧雙胞胎，蕭娜和我步行四公里，前往人民廣場。黃昏時分，我們發覺自己不知不覺地走進廣場北端的人民聖母教堂（Santa Maria del Popolo），站在卡拉瓦喬（Caravaggio）的《聖彼得受難圖》（*Crucifixion of Saint Peter*）前方。這幅巨大的油畫色調陰暗，顆粒分明，處處赭紅漆黑。畫中三名身分不明的工人奮力撐起一個堅固的原木十字架，年老、肌肉糾結的聖彼得仰面倒地，被釘上了十字架。

教堂飄散著舊木材、石頭和香灰的氣味。修復師的電鑽在我們後方的鷹架上嘎吱作響。

我瞇著眼睛望向陰暗的前方。油畫懸掛在幽暗的教堂中，畫齡已達四百年，況且卡拉瓦喬用了大量黑色油墨作畫，以至於整幅油畫看來一片模糊。我正要離去之時，一個男人慢吞吞地走過來，胡亂在口袋裡搜索，掏出一枚銅板，塞進架在欄杆上的盒子裡。我們上方某處傳來喀嗒一聲，一個架在天花板上的聚光燈亮起，油畫隨之沐浴在燈光之中。

聖彼得蒼白的胸膛和雙膝躍然於眼前；我可以清楚地看見他額頭上的皺紋和肋骨上的塵土。他的神情怪異而疏離，好像不知道應該凝視何處。三名行刑者的小腿和臂膀肌肉緊繃，你可以感覺舉起一位年邁的老者顯然相當費力。我第一次領悟到為什麼藝評家認為卡拉瓦喬非常擅長運用白色：油畫中央那條聖彼得的纏腰布，腰布白森森、皺巴巴，潔白的光芒映照著他的雙眼。浩大的陰鬱之中，卡拉瓦喬刷上約略二十筆白色的油彩，但是這二十道光彩卻讓整幅畫作浮現出生命。

聚光燈灼灼映照了一分鐘，然後喀嗒熄滅。油畫重新陷入幽暗之中。我們眨眨眼。我一邊走出教堂，一邊暗想：附近還有多少地方裝了照明方盒？

燈光輕觸窗框。我們留在露臺上回收雨水的藍色淺盆，盆底結了一層閃亮的薄冰。到了中午，薄冰將又化為清水，天氣也將溫暖到我們可以把雙胞胎的高腳椅放置在戶外。

我每天早上撰寫短篇小說，繼續書寫那個沒入水中的村莊。我帶著筆記簿，端著咖啡，悄悄走進湯姆．安德魯斯研究室；窗外的天空幾乎始終黑紫。二月初羅馬的晨曦，感覺不像時間的片刻，而是有如一連串綻放中的花瓣，花瓣接二連三地盛開，而後緩緩凋落，顏色稍淺的花瓣取而代之，繼續綻放。

整個上午，我寫了一句又一句，刪去一句又一句。一再嘗試。一再書寫。寫得順手之時，周遭一切很快就逐漸消逝：窗外的天空，三公尺之外那株巨大高聳、沉靜中帶著喧囂的傘松，點點灰塵飄落在檯燈熾熱的燈泡上的氣味，一一淡出。當你的軀體、你所處的房間，甚至時間本身，全都不約而同地悄悄溜去——這就是寫作的奇蹟，也就是你試圖追尋的境界。隆隆駛過的卡車、我手腕下的尖銳桌緣、愛達荷州尚未支付的電費帳單，全都銷聲匿跡。你說不定以為這種感覺相當寂寞，其實不然；一個個人物很快從牆壁裡溜了出來，他們安靜無聲，小心謹慎，有些比較清晰，有些比較模糊，人人等著看看自己接下來會發生什麼事。作家也一個個報到。有時，每一位我景仰的作家——福婁拜、梅爾維爾、華頓——每一本我心愛的書籍，每一部我但願自己的文筆精采到寫得出來的小說，全都出現在我面前。近來老普林尼像個老藥劑師似地倚在書桌邊，鼻子抽抽搭搭，帶點樟腦丸的氣味，每隔一會兒就搖搖頭。

有時，我隱隱察覺這座寬廣、通風的學院裡還有其他研究員。建築師、雕刻家、作曲家小寐片刻，或是剛剛醒來，仔細思考自己的研究。我想像他們有如一朵朵在研究室小床上閃爍的火花，愈接近中午，火光愈明亮，火花現身圖書館，火花現身研究室的窗後，火花穿過中庭，進入花園。

我好像透過X光似地解析文句；我逐字雕琢，寫出一段，盡可能仔細改寫，我再次解讀，再度研析，盯視一頁頁草稿，看看修改過的字句是否更清晰、更穩當。結果通常不盡人意。但是撰寫故事就像摸黑踏著一連串你懸空架設的木板行走，你時而前進，時而退後，你一寸接著一寸、一塊木板接著一塊木板地移動，你只能寄望每天都發現自己前進了一丁點，逐步脫離漆黑的深淵。

如癡如醉的境界終究難以持續。有人使用隔著牆壁的淋浴間，或是我意識到自己的雙手凍僵，或是我的腸胃感到絞痛，而後研究室再度朝著我聚攏。重力，某人在走廊盡頭用微波爐加熱花椰菜，花園牆外隱隱傳來尖銳的煞車聲。俗世總有所求，生活總有侷限。

高聳的傘松隱隱矗立在窗外，上層針葉密布，枝椏蔓生，下層根莖延展，深入土中，宛如兩個不同的世界。我離開研究室，甩掉寫作的夢境，走向蕭娜、雙胞胎、羅馬，回到那個聲勢更浩大、更不容忽視的夢境。

嘉年華會，*carnevale*，源自拉丁文*carn*（鮮肉）和*levare*（捨棄）。聖灰日（Ash Wednesday）之前的星期日，我們漫步穿過鮮花廣場，經過一家位於via dei Baullari（旅行箱工匠街）的糕餅店，櫥窗裡陳列著一排排西點和熱氣騰騰的披薩，一條摩德代拉肉腸（mortadella）——一種非常巨大的義式臘腸，裡面夾帶著一塊塊方正的肥豬肉，跟教堂木柱一樣粗——顫巍巍地擱放在門口旁邊的鋸木架上。我們走過維托里亞諾．艾曼紐二世紀念堂，停下來看看街上一個小販用棕櫚葉編出一隻隻蒼鷺。整個納沃納廣場都是跑來跑去、踏步嬉戲的孩童，小朋友穿上保母包萍、崔弟鳥、自製公主裝、自製魔鬼裝等嘉年華服飾，面具甩到後腦勺，鼻息在寒風中凝聚成一朵朵白雲。我們踢起五顏六色的小紙片；嬰兒車的車輪也沾滿微小的紙屑。偶爾有個小朋友對著亨利和歐文灑了一把小星星、小圓圈和小方塊，雙胞胎可不太開心。

只有孩童才裝扮，而且大多只在納沃納廣場一帶。相形之下，從前的派對有趣多了。請看李維筆下的酒神節：「當暗夜大筆一揮、核准縱情，種種有違法紀倫常的行徑，人們莫不躍躍一試。男男交歡，縱情聲色，盛況更勝於男女歡愛。拒絕冒犯，或是不願犯罪之人，莫不如同祭品般遭到宰殺。」

請看希臘史學家蒲魯塔克（Plutarch）描述牧神節（Lupercalia）——牧神節源自古羅

馬，通常是二月十五日：「牧神節時，許多地方官員和貴族子弟赤身裸體衝過市區，他們高聲談笑，尋歡作樂，手執蓬亂的皮鞭揮打碰見的路人。許多出身高貴的女子故意站在他們所經之處，而且伸出雙手，好像學校裡的孩童一樣等著挨打。」

所謂「蓬亂的皮鞭」是一條條血淋淋的山羊皮，據說象徵多子多孫。皮鞭的拉丁文是*februa*，英文的二月February便是源自於此。千餘年之後的十八、十九世紀，羅馬人在嘉年華會期間盛裝打扮，有人裝扮成樞機主教，有人裝扮成馬車夫，旗幟在陽臺上輕輕飄揚，彩帶、五彩紙屑、白粉從窗中傾瀉而下。天黑之後，科爾索大道（via del Corso）兩側的馬車和群眾被推到路邊，無人騎乘、綴滿緞帶的駿馬，馬鬃之間繫綁著的多爪小球，在小球的刺激下，駿馬從人民廣場沿著大道飛奔，直衝一公里之外的威尼斯廣場，誰擋了它們的路，就死於馬蹄之下[20]。

一七八八年，歌德加入狂歡的群眾。「信號一起，」他寫道，「人人皆可瘋瘋癲癲，大作傻事。除了互毆和拿刀砍人之外，幾乎想做什麼都行。」

五十七年之後，狄更斯也走入群眾之中：「馬飾叮叮噹噹，馬蹄踏過堅硬的石子地，踢

20（作者注）眾多馬車和群眾遭到踐踏。一八八二年二月二十一日，十一匹馬和十五名觀眾在露西娜的聖羅倫佐教堂前方喪命。猶太人每年都不得不支付一筆費用，以免被迫跟在馬匹後面追趕彼此。

躂作響；馬匹怒氣勃勃，沿著回音四起的街道急急奔馳；不，這些噪音都不算什麼，群眾的嘶吼——人們的吶喊，人們的掌聲——才是聲若砲火。」

嘉年華會：激情逐漸攀升，各處炙烤鮮肉。「聖灰日」隨後而至，聖母頌冷冷吟唱，澆熄了激情，其後四十天，人們捨棄肉食。

歐文一邊爬行，一邊伸手拍打地磚。亨利悄悄跟在後面，兩兄弟一前一後，在廚房的桌下排成一列縱隊。我看著他們，想到遷徙行進的動物，一隻羊羚跟著另一隻羊羚，排排隊，往前走。亨利現在已經會拍手，歐文早上輕輕哼歌，但是每晚十點三十五分準時尖叫醒來，而且非得讓人抱抱，一再勸哄。

「因為他在長牙，」蕭娜說。一切都是因為長牙。

但是他們的精力實在驚人。洗澡之後試著幫他們穿上衣服，就像試著幫鯖魚套上睡衣。每次成功闖入我們的臥室，他們就一把抓住電腦的電源線，使盡吃奶的力氣拉扯；我四度及時接住電腦，再晚一步，電腦就摔到地上。他們成天拉著椅子穿越廚房，椅腳刮過磁磚，發出可怕到令人難以想像的尖銳噪音。蕭娜用厚紙板和透明膠帶裹住收音機的電源線，但是兩小時之後，歐文已經琢磨出如何拆解，這會兒坐在廚房正中央，嘴裡含著整個插頭。

在那個豢養孔雀、農牧神雕像矗立的西亞拉兒童公園，我們把雙胞胎抱到毯子上，他們馬上爬向矮樹叢。四五個義大利孩童圍著他們，拍拍他們的脊背，請他們吃棒棒糖。我試圖放鬆，但我一心只想著：**細菌**。

午夜，凌晨一點，凌晨兩點，我毫無睡意。我披著外套、戴上羊毛帽走到露臺上，前任房客留下約莫十五個花盆，盆底積了一層厚厚的泥土，我鑿開乾硬的泥土，拔去乾枯的雜草，用手指碾碎泥土，把新買的鬱金香球莖埋進土裡，每盆擠了二十個，球莖之間幾乎沒有任何空隙。

凌晨兩點的阿爾巴諾山丘一片澄藍，夾雜著點點燈光。一對情侶走過我下方的街道，女子落在男子後方，她停下來調整鞋子的扣帶，丟掉手中的香菸，橘紅的菸頭劃過空中，落入黑暗之中。

「*Esta, mi dispiace.*」男子回頭大喊。艾絲達，我很抱歉。她挺直身子，四下觀望，然後放聲大笑。

我這輩子從來不曾這麼多個鐘頭醒著不睡，然而，羅馬的每一天、每一夜似乎飛掠而過，有如手翻動畫書的書頁。

二月十七日，教宗頭痛不適，再度入院。兩星期之前，一位名叫朱莉亞娜．斯格雷納（Giuliana Sgrena）的義大利記者在巴格達遭到綁架，每一家義大利報紙的頭版都刊登一個翻拍自錄影帶的畫面。「求求你們，」據說她在錄影帶裡哀求。「結束占領行動。拜託……義大利的民眾們對政府施壓，迫使政府撤軍。」她靠著一面空白的牆壁，雙膝跪地，雙手合十。「拜託為我做些事情。」

足球明星穿上印著*Liberate Giuliana*的運動衫出席練球。市政府掛上一張她的巨幅照片。我翻開圖書館的地圖圖鑑，頭一次發現羅馬和巴格達之間的距離，比博伊西和華盛頓之間更近。

安然躺在病床上、被鮮花所環繞的教宗若望．保祿二世，今晚將對上帝道出什麼悄悄話？他為遭到綁架的女記者祈禱嗎？或是為牙齦腫脹的小嬰孩祈福？他的夢境說不定比較宏大；他說不定夢見地球悄悄滑移於太空，地層板塊慢慢互相壓擠。

我說服自己：今年冬天，羅馬不會下雪。

有些晚上，當我們帶著另一疊骯髒的尿片走向大垃圾桶，或是刷洗另一槽堆得滿滿的奶瓶，心中不禁浮現一股厭膩、再也無法吸收的感覺。一座座教堂看來大同小異，一根根兩千年歷史的石柱不知不覺地掠過眼前。又是一個米開朗基羅的作品？又是一幅平圖里基奧（Pinturicchio）的畫作？五十年前，小說家伊蓮娜・克拉克（Eleanor Clark）在《羅馬與鄉間別墅》（*Rome and a Villa*）一書中指稱，「過量」的羅馬令人厭膩，當我站在大垃圾桶旁，看著呼出的白霧緩緩飄散，不禁感覺她說的沒錯：我的正前方是帕歐拉大噴泉，噴泉下方就是夢幻般的羅馬，但我只看到泥濘的殘雪和破碎的玻璃。太多美景，太多信息；若不小心，你所吸收的羅馬就已過量。

烹煮義大利麵，削個蘋果。把麵條和蘋果切成小塊。擺在高腳椅的托盤上。看著亨利和歐文把食物扔到地上。從地上撿起食物。清洗高腳椅的托盤。在市區裡，我們走過一個個羅馬人身旁，他們在陽光下閱讀小說，談天說地，他們在猶太人區的咖啡館快樂地大啖佳餚，他們穿著熨燙過的襯衫，頭髮修剪得整整齊齊，鞋子擦得閃閃發亮。我透過為人父母的樊籠瞪視他們，為什麼他們肩膀上沒有牛奶的印漬？為什麼他們得以一覺睡到天亮？

如果我沒有你啊、歐文；如果我沒有你啊、亨利。如果我沒有你們，我說不定可以同時使用我的左手右手，好好吃頓午餐。

然而，正當需要鼓舞時，我就碰到諸如此類的狀況：我抱著歐文走下樓梯井，走著走著，我們與一個素未謀面、正在上樓的男子擦肩而過。

「Ciao，」我說。

「Ciao，」男子說。

「Ciao，」歐文說。他以前從來沒有說過*Ciao*，我幾乎跌下樓梯。男子咧嘴一笑。

「**Ciao！**」男子回答，然後揮揮手杖，點頭致意。

我忽然想起瑪莉蓮．羅賓遜的小說《遺愛基列》之中的一句話：「我們有千百個理由度過此生，每個理由都百般充足。」

四旬期的第三週，在一個清朗、刮著大風的早晨，一些學院的研究員帶著我走到特斯塔西奧山（Mt. Testaccio）的山頂。特斯塔西奧山看起來跟羅馬其他山丘沒什不同，但它不是著名的七座山丘之一，而是人工堆造。整座山丘幾乎都由雙耳細頸瓶的碎片推砌而成——雙耳細頸瓶是一種大型的陶土廣口瓶——碎片數以上百萬計，說不定多達兩千五百萬片。以前任何人都可以上山；現在則需要許可。若是生性喜歡冒險，不介意擅自跨越鐵鍊，也可登山觀覽。我們從山頂可以看到羅馬南區的上千棟公寓，家家戶戶的屋頂上冒出鋼鬃般的電視天線，還有數十個無人使用、積水閃閃發光的停車場，吉普賽人在其中一個停車場紮營，處處可見露營車和帳棚，藍色的防水油布噗噗搭搭拍打繩索。

若是完好出土，雙耳細頸瓶的瓶底尖細，瓶頸細長，兩側各有一個把手。一個完好、準備裝運物品的空瓶重約三十公斤。羅馬帝國時代，雙耳細頸瓶裝盛油蠟、蜂蜜、亞麻子、穀粒，或是橄欖油，堆疊上船，從西班牙或是北非飄洋過海到羅馬，緩緩航向臺伯河上游，行至水流湍急的臺伯島前方，在特斯塔西奧山的山下卸貨上岸。橄欖油被倒入較小的陶罐，雙耳細頸瓶劈啪爆裂，碎瓶塞滿碎片，灑上石灰，堆成一疊。整個過程井然有序，計畫周詳，而且以拉丁文登錄。

橄欖油是羅馬帝國不可或缺的基本貨品，也是進口大宗，養髮液、肥皂、油燈燃料，全都來自橄欖油，它為羅馬人的飲食添增風味，也為羅馬人的戲劇點亮燈彩。《博物誌》一書中，老普林尼花了八章討論橄欖和橄欖樹，從播種、收成、壓榨、保存，一一詳加解說。聖像、馬勒、帝王、孕婦、受傷的雙腳皆受到橄欖油的滋潤。想要保存木材？滋潤你的臉龐？減輕牙痛、恢復鬆弛的肌膚、潤滑二輪馬車的車軸、冷卻你的頭皮、為辭世的基督徒施以塗油禮？沒問題，橄欖油一手包辦。

如今，特斯塔西奧山是一座高約五十公尺，面積約兩萬一千九百平方公尺的紀念碑，緬懷與羅馬任何一座碑塔同樣龐大的口腹之慾。山上東一塊西一塊雜草，幾株雜亂的樹木。隨地丟棄的糖果包裝紙隨風飄過。我們漫步山頂，搜尋雙耳細頸瓶的碎片，太陽曬得我們的外套暖烘烘，大風吹得我們的雙手冷冰冰。我們踩踏地面，球鞋底下叮噹作響。

朝西望去，雅尼庫倫山丘籠罩在濛濛的暗綠之中；一個個屋頂，一棵棵松樹，一個小小的鐵鑄十字架，標注出大理石雕砌、氣勢宏偉的帕歐拉大噴泉。噴泉左側就是我們公寓屋頂上那個橘色塔樓。我想到小亨利和小歐文，歐文說不定已經睡了一覺，爬過廚房的地磚，騷擾他媽媽。他們還不滿一歲，但是他們的足跡卻已橫跨六州和兩個大陸。

活著就是製造棄置之物。毛髮、灰塵、垃圾、兒孫、情書、舊鞋、骸骨。我們全被一股可怕的飢渴附身。出生還不到一小時，亨利和歐文已經知道怎麼依附在他們的媽媽身旁。羅馬坐落在鈣質岩層之上，岩層的鈣質來自數以兆計的微小海生物，微生物的殘骸分解，覆上一層石灰，堆積而成深海的軟泥，有如一座原始的墳場。我們呱呱墜地，我們揮霍消耗，我們撒手西歸。我們的地景即是墳場，棄置之物堆積而成的土地，難道不是墳場嗎？

六百年來，雙耳細頸瓶將橄欖油運至羅馬，六世紀的碎片層層交疊，堆積出特斯塔西奧山，六世紀運送的橄欖油，重量約達四億英磅。

四旬節：我們啜飲瑪奇朵；我們享用包了菠菜的義大利麵餃。我們把棍子麵包撕成一塊塊，沾滿我們從翁布里亞帶回來的橄欖油，那瓶初榨的橄欖油沒貼標籤，青綠混濁，口感濃烈。

在餐廳裡，我們的椅背刮過後面那桌客人的椅背。在公車上，我們抬著嬰兒車擠過狹窄的車門，小腿緊貼嬰兒車車輪，臀部與手肘並用，奮力擠出一塊地盤。坐在我旁邊的女子啜泣。蕭娜無意中聽到有人用英文說：「好吧，就算他陽痿，那又如何？」一位小提琴手散發出濃濃酒味，樂器盒撞到我的脊背。

摩肩接踵，近距離接觸——我們不但是住在義大利的美國人，更是住在大城市的鄉巴佬。我買份報紙，一轉身就看到三個小女孩輕輕撫摸雙胞胎的頭髮。兩位跟精靈一樣矮小的修士擠過我身邊，兩人滿嘴洋蔥味，興高采烈地交談。廣場形同起居室、音樂廳和節慶場所，巷弄形同年輕人的交誼廳，公園的長椅形同露天托兒所。你一而再、再而三意識到花園、寺院、隱匿的中庭等公共建築是多麼重要。

我們又碰到那個拄著拐杖、太太懷了雙胞胎、名叫馬可的男子。他的小女兒跟在身邊。他說他們的醫生叮囑他太太臥床待產，三星期以來，除了上洗手間，她都不准下床。

「我們買了嬰兒車，」他說。「跟你們那部不一樣。」

他的女兒一雙黑眼睛，一頭捲髮，相當漂亮。「如果你們需要什麼，請告訴我們，」蕭娜用英文說。

我們看不出他是否了解。「喔，我們還行，」馬可說。「是嗎？」他拍拍女兒的肩膀，雙眼卻望向遠方。

二月最後一天，我花了整整十分鐘，試圖拆開我岳母郵寄來的蛋型不倒翁（Weeble-wobbles），雙胞胎哭喊催促，我的手指紅通通，三個不倒翁卻依然頑強地躺在有如蛤殼的塑膠封套裡，動也不動。我拿起切麵包的刀子鋸割封套的接縫，不禁思考想著科技，以及種種象徵現代生活的快速進展。難道進步真的是一道不停向上攀升的曲線？三百年、七百年，或是一千九百年前的包裝（或是鋪砌、釀酒、玩具、牛奶、起司，甚至水泥），難道不是時常勝過現代嗎？

幾個星期之前，我們在古羅馬廣場看到一位導遊駐足於一處遺址之前，舉起一把收摺的雨傘，用傘尖指指點點。「請大家仔細看看，年代愈往前推，石工雕刻愈精湛，」她說[21]。

請你想像那個牛奶尚未量產、政府尚無廣播網、影像尚未快速激增的時代！請你想像你一輩子只看見一次總統（或是教宗、王子、皇后），沒有電視畫面，沒有照相攝影，只有一、兩座他的雕像、一座他的半身石膏像、刻印著他側面的銅板。老普林尼的時代就是如此嗎？請你想像你有個親眼見過君王的表哥，他說君王坐在二輪戰車上，雙指微微高舉，臉龐在陰影之中，所到之處衛兵轟隆隨行，黃銅盔甲在陽光下閃爍著耀眼的光芒，他所述說的經歷是多麼動人！威嚴的君王，神授的權力，神話般的精采傳說——畢生之中，僅此一瞥，你怎能不信服？

你在家裡誕生。如果運氣好，你也在家裡辭世。屋牆之外的黑夜黯淡無光，繁星簇簇，夜空望似凝滯；嚴冬奪走家人們的性命，球形的星體本身亦具神性，自轉於宇宙中心，靜悄悄地度過瘟疫與戰爭肆虐的年歲。

生活的原聲帶不是隆隆不絕的引擎聲，而是微風的呢喃、狗犬的咆哮、母親的怒斥；雕鑿聲，腳步聲，歡笑聲；馬蹄的踢踢躂躂，囚犯的高聲尖叫，鄰人的竊竊私語。

地圖上布滿晦暗不明的區域。偶爾有個旅人或是士兵離開家園，多年之後帶著種種可信、不可信，或是未說出口的故事返鄉，但是人人幾乎不曾離鄉。棲息在你家曬衣繩上的煙囪刺尾雨燕，說不定早已見識多處你想要造訪的鄉野。你生命中的種種面相，諸如住在哪裡、從事什麼行業、跟誰結婚、吃些什麼，說不定幾乎取決於你父親的職業。人們為了食鹽而興戰，大家都知道北方天寒地凍，而且到處都是野蠻人。你散個長長的步，走著走著就碰到一處城牆的遺址，從來沒有人越過這道城牆，因為誠如六世紀的殉教者聖人普羅科匹厄斯

21（作者注）在《羅馬與鄉間別墅》一書中，伊蓮娜．克拉克引述一位二十世紀初期的建築師所言，該建築師亦做出同樣評論：「你們瞧瞧，年代愈往前推，技藝愈精湛。」

（Procopius）所言，城牆的另一側，「無數蛇蠍和其他野生猛獸，已將該地據為己有。」對歷史學家泰西塔斯（Tacitus）而言，北方是個虛無之境，「一大片形狀不定的鄉野地帶。」卡利古拉皇帝（Caligula）的士兵寧願叛變，也不願航越英倫海峽，因為他們認為海峽之中處處都是人魚。獨角鯨的鯨齒被當作獨角獸的獸角販售——這又未嘗不可？與其想像一隻圓滾滾的白鯨在冰層下獵食海豹，倒不如相信世間真有帶角的駿馬。

洪水中浮出的乳齒象骸骨是巨人的骨頭。老普林尼寫道，「鳳凰跟老鷹一樣巨大，頸間一圈金黃，除此之外，全身都是紫色。」獅子聽得懂祈禱文，老普林尼還宣稱某些蛇類「能夠捕捉吞食飛過它們上空的小鳥，即使小鳥飛得很高、很快。」

人們食用幼驢、塞了內餡的睡鼠、雲雀燉肉。有些字你不能說出口。巫術確有其事。驢奶消除臉上的皺紋；熊油混上煤灰可以預防禿頭。拔下慘死之人的牙齒，用來刮拭牙齦，據說可以消腫止痛。孕婦若想生出漂亮的小寶寶，最好多看看漂亮的景物。

詩人斯泰希厄斯（Statius）說了一個關於古羅馬競技場的故事：約莫西元八十一年、競技場剛剛完竣之時，圖密善皇帝（Domitian）舉辦狂歡宴會，慶祝年底的神農節（Saturnalia）。眾人從早到晚開懷暢飲，喝得醉醺醺，榛果、蜜棗、梅李、無花果有如雨水般傾注而下；僕役們的手腕上搭著白色餐巾，分送免費的麵包和醇酒。女鬥士上場競技，侏儒隨後登場；妓女、肚皮舞孃、雜耍小丑遊走於棚亭之間。夕陽逐漸西下，眾人的狂熱也慢慢降溫，皇帝下令釋放成千上萬隻珍奇禽鳥，火鶴、雉雞、鵪鶉、珠雞飛入棚亭，群眾奮力捕捉，發狂失控；禽鳥比圍觀的群眾還多，斯泰希厄斯說，簡直就是運動競賽日的免費贈品。請想想那種場面：棚亭裡的火炬流瀉出光芒，煙霧慢慢飄過拱門，羽毛漫天飄揚，禽鳥尖叫，五萬民眾你推我擠，高聲叫喊。昔日同一片羅馬夜空，襯托著同一座橢圓拱頂，只不過粉紅的火鶴漫天飛舞，夜空化為紫羅蘭的顏彩。

我可不願以其他任何世代換取二十一世紀。我們有衛生紙、消毒殺菌的牛奶、麻醉止痛藥，而且整個冬季都可以享用墨西哥酪梨。世間仍有許多謎團：什麼原因導致早產，宇宙究竟由什麼構成，深海生態，重力原理，人們為什麼需要睡眠，候鳥如何遷徙，數千個問題仍待解答。

但當我終於從封套中取出蛋形不倒翁，亨利和歐文放在嘴裡吸吮了半分鐘，然後爬到一旁，留下沾了口水、裝扮俗麗的犀牛和鱷魚在地磚上搖擺。我不禁想到老普林尼和現代人自詡的進展。因為啊，就算老普林尼堅信貝類隨著月亮的盈虧改變大小、女性的經血會讓刀劍變鈍、配戴在寬腰帶內側的苦艾草可起防止胯下腫脹，那又如何？他不也描述地球是個球體，而且每二十四小時自轉一周嗎？他不也說「唯一可以肯定的是，凡事都難以肯定」嗎？我之所以閱讀老普林尼，倒不是想要看看人類進展到什麼程度，而是為了看看我們失去了什麼。知識是相對的。迷思是可以培育的。

亨利和歐文一天看到的影像比老普林尼一輩子看到的還多，我擔心他們這個世代必須比先前各個世代更加小心、更加認真，如此才可常保警惕之心，注意到世間種種奇蹟。

蕭娜說幸好我沒機會看到雪花飄過萬神殿的穹頂圓窗。有時，她說，我們沒看見的景物比其他一切都美好。

下雨了，陽光露臉。五分鐘之後，冰雹敲打街道，四下飛濺。今天早晨，阿爾巴幹山丘泛著灰藍，柔潤光滑。正午時分，山丘一片銀白，閃閃發光。現在漆黑凝重，陰森可怕，好像浩劫將至。

羅倫佐窩在他的警衛亭裡，暖爐吹出熱風，一疊郵件擱在膝上。「這種冷得要命的天氣叫做銅猴子氣候，」他告訴我們。蕭娜和我穿過中庭的碎石地，走向街角一家酒館，打算點杯*spremute*——一種以高腳杯裝盛的紅橙果汁。我們十指緊握。打雷了。梵蒂岡那邊的西方，夕陽燦燦地、悄悄地落下，煥發出千百種深淺不同的金色光澤。

紅橙來自西西里島。橙汁嘗起來有如向晚的日光：微妙、鮮紅、柔潤。

我們雙手捧著杯子，設法別將一切視作理所當然。

春季

歐文和亨利醒著的每一刻都用來準備學走路。他們搭著抽屜的把手撐起身子，手掌一寸寸滑過櫥櫃的櫃門。蹲下，轉圈，摔跤；他們是受訓中的體操選手。

每個星期天，龐大的學院安靜無聲，幾乎空空蕩蕩。我們拖拉著雙胞胎走下一道長長的大理石階梯，來到地下室。地下室有幾間辦公室、整個樓層的圖書館、三個磚石砌成的拱廊，每個拱廊都跟細針一樣筆直，而且長約四十五公尺。我從其中一個樓梯井底下拖出一臺陳舊的購物車，把亨利抱進車前的籃子裡，拉著歐文站在推得動車子的地方，然後放手。歐文十指緊緊抓著金屬網格板，小小的軟拖鞋緊貼著地磚，購物車緩緩往前滑動，他推著車子走過每一個拱廊，眉開眼笑，嘴角愈咧愈寬，然後蕭娜讓兩兄弟調換位置，把購物車轉個方向，輪到亨利推車前進。

我們偶爾休息一下，喝喝牛奶。

我們終究得把一個小寶寶抱上嬰兒揹架，繫緊胸前的背帶，抱住另一個小寶寶，啟程返家。但是離開之前，我讓兩兄弟坐進購物車，推著他們往前衝。尖銳刺耳的噪音中，購物車轉彎，沿著筆直的長廊飛速前進。我們的笑聲迴盪在拱廊中，飄過一疊疊床墊和破桌子，飄過座椅空蕩的教室，飄過散置著伊特魯里亞陶器碎片的舊展示櫃。

三月四日，遭到綁架的義大利記者茱莉亞娜．斯格雷納獲釋。我們經常收聽的調頻廣播網慷慨激昂，每個頻道都嗡嗡作響，彷彿講得口沫橫飛，十幾位主持人以連珠炮般的義大利語播報，講話的速度比平常更快。我聽到*finalmente*和*pace*——意思是「和平」——收音機一再提及她任職的報社：*Il Manifesto*、*Il Manifesto*。

然後報導的內容發生變化。茱莉亞娜的座車駛進巴格達機場附近的查哨站時，美國士兵朝著座車開槍。茱莉亞娜本人受了傷，一位名叫尼古拉．卡利帕里（Nicola Calipari）的義大利籍保安人員不幸身亡。「他奄奄一息地躺在我的身邊，」過了幾天，茱莉亞娜寫道，「我聽著他嚥下最後一口氣。」

誰知道怎麼回事？從露臺上觀望，松樹在微風中晃盪，機車飛馳而過，似乎一切如常。但有鑑於過去一小時內發生的事情，美國人在羅馬受歡迎的程度八成將大幅下滑。蕭娜帶著亨利走到露臺上，她抓著他的手臂，拉著他輕輕搖晃，她的頭髮飄過他的臉頰，他軟拖鞋的鞋尖輕輕點過地面。「我們今晚待在家裡吧，」她說。

隔天早上，我們鄰居瓊恩．琵亞賽克基在肉店採購雞肉之時，後面有個人對他說：

「*Sabato con I fascisit.*」星期六還會碰見法西斯分子。

星期二，卡利帕里的棺木安放在維托里亞諾．艾曼紐二世紀念堂的階梯上。等著瞻仰遺體的義大利民眾擠滿威尼斯廣場。根據CNN新聞網報導，數千名民眾前來致意。一份羅馬的報紙宣稱人數破萬。不管如何，我爬上米開朗基羅設計的階梯，走到坎比托力歐廣場，放眼望去確實人潮洶湧。人群中冒出幾幅彩虹和平旗幟；人人身穿天藍或是黑色大衣，各處的義大利人似乎都是這身裝扮。

交通肯定因而大亂。我想到那些困在巴士裡的美國觀光客，國與國之間種種奇怪的交集，著實令人納悶。根據茱莉亞娜的說辭，其中一個伊拉克綁架者是羅馬足球隊的球迷。義大利保安人員開往機場的公路被媒體稱為「愛爾蘭大道」。查哨站的其中一位美國士兵，也就是在所謂「阻擋來車行動」中開槍射擊的士兵，名叫馬里歐．洛薩諾（Mario Lozano），洛薩諾跟死者卡利帕里一樣都是兩個小孩的爸爸，而且「馬里歐」源自*Marius*，是一個具有數百年歷史的義大利名字。

羅馬的春天匆匆到來，好像蠻族入侵，或是日語中的「津波」。我眨眨眼，草坪便是一片綠意。我們從餐廳走回家，途經帕歐拉大噴泉，我抬頭一望，忽然意識到煙囪刺尾雨燕回來了。

我那些擠成一團的鬱金香球莖在花盆裡甦醒，一個接著一個冒出淺綠的小芽。常春藤漫過古老的城牆；小雨落在樹枝上，水氣滲過枝幹奮力攀升，樹根吸吮濡溼的岩石，花園裡的樹木一心只想生長，靜悄悄地大張旗鼓。墨黑的牆壁，鮮紅的瓦磚，碧綠的草坪，五顏六色躍入眼中，好像市區上方始終架著一個照明方盒，如今終於有人在投幣孔塞進了一個銅板。

復活節前兩週，我飛往倫敦接受電視專訪。一張紙條擱在我口袋裡，蕭娜在紙條上手寫「祝你好運，爸比」，雙胞胎也在紙條上塗鴉。四十小時之後，我返回家中，我們公寓大門旁邊的繡球花壇，一夜之間冒出了黃褐的蘑菇。我的鬱金香忽然長高了十公分。餵歐文吃早餐時，我抬頭一看，發現一對瓢蟲在我的衣袖上交尾。

連日陰雨。我凌晨兩點醒來，徹夜書寫，我回頭檢視碰到死角之處，串接零散的片段，一直寫到拂曉，為最近進行的這篇小說作結。

清晨時分，臺伯河匆匆流經山丘下的特拉斯特維雷區，河水黃褐湍急，冒著白沫，悄悄漫過河岸，蓋過河堤下方的慢跑小徑。鸕鶿一隻接著一隻衝入臺伯島附近的急流，叼著褐黑的小鰻魚衝出水面。

整座城市似乎果真盈滿春意。山丘綠意盎然，捎來一陣陣春天的氣息，蔬果攤擺出成堆朝鮮薊，蠶豆接著登場，然後是新鮮的草莓，春意彷彿一波波湧向北方的浪潮，細碎的浪花席捲了羅馬。四旬期的齋戒撙節已成過去：羅馬人魚貫走出家門，吵吵鬧鬧地穿過街道，群聚於特斯塔西奧區，擠坐在法尼榭宮外面的長椅上，大啖義式冰淇淋。觀光客也回來了，他們踏過萬神殿，繞著競技場走來走去。一天下午，梵蒂岡的停車場幾乎空空蕩蕩；隔天全都停滿了觀光巴士。

三月的第二個星期，我一邊練習義大利字彙，一邊走到糕餅店。*glassa*，糖霜；*compleanno*，生日。我側身擠進隊伍裡，好像一根針似地悄悄溜到前方。請給我一個 *torta*[22]，加上 *cioccolata*[23]和糖霜。三十人份。

蕭娜拖著一整個手推車的啤酒和紅白酒步行八百公尺，從超市走回家中。我花了兩個晚上繪製邀請卡。我們買了鋁箔氣球。我們買了一部備有搖椅和安全護桿的玩具小汽車，從特拉斯特維雷區的玩具店一路扛回家，蕭娜還用一張閃閃發亮的義大利包裝紙，把小汽車包起來。

歐文站在嬰兒床護欄裡跳上跳下，我們在旁加油打氣：跳一跳、跳一跳、跳一跳！亨利在嬰兒床裡大哭，坐在高腳椅上也大哭。他的舌尖在嘴裡舔來舔去；他伸出指頭摩擦紅腫的牙齦。

三月十八日，雙胞胎滿一歲了。我出門拿蛋糕，蛋糕跟張小書桌一樣大，我抬著蛋糕沿著卡利尼街往前走，穿過川流不息的車陣，走進我們公寓對面的公園。我們把高腳椅和桌子擺好，我們把氣球綁在公園入口的鐵門上，大樹在草坪各處投下朦朧的陰影。

友人陸續而至，大多是美國人。學院警衛羅倫佐足蹬漂亮的棕色皮鞋，身穿筆挺的牛仔褲，戴著流線型鏡框的眼鏡，慢慢晃出警衛亭。塔希搭乘來回各一小時的公車，為雙胞胎帶來一隻會唱歌的黃色塑膠鞋。那雙鞋子日後成為他們最喜歡的玩具。

我們先用英文唱生日快樂歌，然後用義大利文再唱一次。歐文從公園另一邊朝著我咧嘴一笑，胸前沾滿了蛋糕，頭髮平貼在耳後。亨利坐在公園一座鞦韆上，有點不知所措，低聲哭了半小時。不久之後，大家紛紛說再見，我們動手折疊紙杯，丟進垃圾桶。我在露臺上拿著水管沖洗高腳椅，十二個月前的今晚，蕭娜抱著歐文坐在醫院病床上，雪花急急飄過窗外。我坐在走廊盡頭的新生兒加護病房，運動衫外面套著醫院的白袍，亨利躺在我身旁，十

22 蛋糕或是派餅。
23 巧克力。

二部監測器在我們周圍嗶嗶作響，我的手指壓著塑膠玻璃罩，他的手腕比我的小指頭還細小。現在他猛按他那部新玩具小汽車的喇叭，歐文咿咿呀呀哼著歌，一邊尖叫，一邊爬向澡缸。

雙胞胎乖乖上床睡覺、碗盤全都清洗乾淨之後，我們開了一瓶義大利氣泡酒，倒進兩個水杯。酒色有如稻草般橙黃，微小的氣泡往上飄浮。我花了兩分鐘拿計算機算了算。去年一年之中，蕭娜花了約莫一千零四小時哺乳，哄雙胞胎小睡的次數達一千四百六十回。她大概洗了四噸髒衣服。我說不定摺疊過其中兩公斤。

今天是亨利和歐文的生日，但我必須為他們的媽媽舉杯致敬。

亨利和歐文滿周歲過兩天，伊拉克戰爭滿兩年。我們從萬神殿走向圓柱廣場（Piazza Colonna），走著走著，忽然撞見一列和平示威隊伍。約莫三百位一身防暴裝備的義大利憲兵在一部部卡車之間來回打轉，其中一部卡車的車門微啟，而且似乎架著機關槍。一架直升機在上方盤旋。示威者群聚在街道另一頭，手執彩繪的大布條，放聲高歌。我覺得他們似乎盯著我們和嬰兒車。我們是美國人，我想告訴他們，美國幅員廣闊，形形色色的人都有。

隔天是聖枝主日（Palm Sunday）。報紙推測教宗的身體狀況可能無法公開露面，但他依然設法在宅邸窗口坐了一分鐘。窗口數層樓高，俯瞰聖彼得廣場，他的臉色跟他的白麻布聖職衣一樣蒼白；他似乎把掌根貼著額頭。男孩們揮舞旗幟，反覆輕誦「*Viva la Papa!*」教宗萬歲。有些甚至攀在朋友們伸長的臂膀上東張西望。

他沒有開口。但是群眾依然高聲歡呼。他隱身之後，周遭眾人散發出某種欣喜若狂的神情，我看在眼裡，不禁想起社會名流與見到偶像的追星族。紐約三十七街配上麥克風的丹佐．華盛頓。尖聲叫喊他名字的女性影迷。

嬰兒車一經過貓咪身旁，歐文就咧開那張有兩顆半牙齒的小嘴，笑著大喊：「Dee-deedee！」（也就是他所謂的「小貓」）。我們一打開露臺的門，亨利就興高采烈地尖叫。他們坐在高腳椅上，春風從窗戶源源湧入，他們伸出食指和拇指捏一捏圓麵餃的碎屑，胡亂揉成一團，丟到地上。

我們享用*broccolo Romano*——一種比較秀氣、白皙的青花菜。我們試吃*puntarelle*——一種浸泡在油醋裡、細長甜美的菊苣嫩芽。周遭萬物蓬勃生長。草坪一片青綠，那種豔麗的青綠出自大自然之手，我幾乎聽得到草根劈劈啪啪、窸窸窣窣冒出花床。

根據我手邊的樹木指南，春意最濃時，一株成熟橡樹的樹液，向上流升的速度可達每小時六十公尺，也就是每分鐘一公尺。我靠在研究室的窗沿探出身子，凝視義大利傘松的巨大樹幹。這株大樹是多麼飢渴！我想到數以億計、有如雲朵般散布的根梢潛行於泥土之間，不禁感到嘆服。

薄暮時分，一對天蛾好像長了翅膀的小龍蝦似地徘徊在學院中庭，吸食茉莉花的花蜜。入夜，特拉斯特維雷區擠滿了年輕人，孩童們拔腿衝過人群，一個鼓手拍擊邦戈鼓，神情狂熱，節奏激昂，有如著了魔。每一家糕餅店和蔬果攤、每一家超商和夫妻檔經營的熟食店，全都懸掛著包覆鋁箔紙的巧克力空心蛋。朱紅空心蛋，銀白空心蛋，印著唐老鴨的空心蛋，顆顆跟晚餐的餐盤一樣大。*Gran Sorpresa*！大驚喜！空心蛋裡裝著機器人、足球選手玩偶、神情羞怯的壓克力熊貓寶寶。

早晨自簷槽傳來鳥鳴聲，音量大到吵醒我們。亨利搭著嬰兒床的護欄站起來，右手在身側晃來晃去，稍加試探，稍加練習，在床墊上蹦蹦跳跳。

復活節，我們融化一顆幾乎跟個小嬰孩一樣大的空心巧克力蛋，把草莓浸在濃稠的巧克力醬裡，然後一顆顆擺在鋁箔紙上晾乾。只有在義大利，一顆形若雞蛋、內裝兩個紅色小機器人的巧克力糖才會好吃到讓人掉眼淚。蕭娜用指頭沾一點溫熱的巧克力醬，送進亨利的嘴裡，他小臉一亮，似乎散發出不敢置信的喜悅。他看著蕭娜，好像跟他媽媽說：世上有這種**好東西**，妳卻老把青豆擺我盤子裡？

鄉野各處，鳥兒勤奮築巢，採食花蜜，追隨一波波由南到北、依次綻放的繁花。談個戀愛，品嘗甜食，怦然心跳，這不就是春天嗎？

午後，一個男人攀越聖彼得大教堂圓頂的觀光護欄，蹲伏在極為陡峭的圓頂，俯瞰數百公尺之下的大教堂。消防隊關閉大教堂；一位主教試圖說服他下來。

一架架直升機嗡嗡飛過露臺。空中飄散著一閃一閃的粉塵。

天黑之前，我們推著雙胞胎走過西亞拉公園，噴泉嘩啦作響，樹籬蒙上迷濛的光影，菩提樹投下堂皇的陰影。周遭都是出來散步的一家人，人人穿上復活節的漂亮衣裳，面帶笑容，指指點點，舔食冰棒。回家途中，我們經過兩個在福斯汽車裡親熱的青少年。隔著兩部車，另一對情侶依偎在車裡，四隻穿著牛仔褲和球鞋的長腳懸在窗外。

「義大利人啊，」我們的朋友喬治．斯托爾說，「為了享樂可以拋下一切。」我們在這裡住得愈久，愈覺得他說的沒錯。義式濃縮咖啡，真絲睡衣，五分鐘的長吻；最時髦、最薄的手機；觸感非常柔滑的皮革。松露。遊艇。四小時的晚餐。

前幾天報上刊登十二歲小朋友瑪堤娜．巴托羅茲提供的能多益果仁醬熱狗食譜。能多益果仁醬（Nutella）是一種榛果風味的巧克力醬，吐司、法式薄餅、麵包棒、餅乾，甚至白披薩，義大利人什麼東西都可以塗上一層能多益果仁醬[24]。

1. 熱狗麵包垂直對切，抹上能多益果仁醬。
2. 在麵包裡塞進剝了皮的「香蕉熱狗」。
3. 盡情享用。

第三個步驟最重要：*piacere*，**盡情享用**。

蕭娜和我趁著天黑之前推著嬰兒車朝著卡利尼街另一頭前進，走向聖潘克拉奇歐城門。過街時，嬰兒車嘔啞輾過柏油路上的碎玻璃。我蹲下來快快查看；車胎上幾乎已經看不到碎玻璃，只留下一、兩片有如細沙的碎片。我忽然想起那個可怕的碰撞聲、那陣救護車的警笛聲，以及那部撞上石灰華城門的標緻小汽車。

「只有始終謹記生命多麼脆弱之人，才能客觀衡量生命，」老普林尼曾說。在他的年代，生命確實極為脆弱；根據學者們估算，當時嬰兒死亡率是千分之三百，換言之，每一百名順利出生的嬰孩當中，大約三十名活不到周歲。成年人的平均壽命為二十五歲。死亡處處可見。難怪老普林尼花了許多篇幅描寫蜂蜜，諸如蜂蜜的種類、最佳的採集時間，因為蜂蜜之所以香甜醉人，原因在於蜜蜂的生命極為短促。即使過了幾乎兩千年，羅馬人似乎遠比美國人更意識到生命的無常。羅馬人在晚餐餐桌討論死亡，排隊瞻仰英雄偉人的遺體。週末假日，他們攙扶年邁雙親的臂膀，陪伴令人尊敬的長輩們在公園散步。自從來到義大利之後，我曾經六、七次看到年輕人坐在公園的長椅上為外婆朗讀小說。我見過百歲高齡的老太太們，有些遲緩地在市場挑揀茄子，有些拖著菜籃車，邁著孱弱的腳步走上山坡，有些披著大圍巾、眼中盈滿生命的傷痛頹然地坐在廣場上。

共和衰亡、帝國瓦解、羅馬教廷的勢力持續式微——死亡是一條流經羅馬的河流，淙淙流過橋底，在臺伯島的醫院旁匯集為滾滾的急流。死亡是刻在石牆上的汙漬；死亡是壓覆在濟慈墓碑上的重擔；死亡是長髮女孩爬上男友的偉士牌機車後座時簽署的同意書，死亡是銀行家把車停在公園、挽著圖書館員的手臂時填寫的授權書。我同意活在當下，盡其所能地享受甜蜜生活；我同意讓微風吹脹我的衣衫、讓陽光盈滿我的雙目，但我了解我終究必將離去。

我們美國人祕密地執行死刑，退休之後住進圍牆聳立、警備森嚴的社區，依舊不知該如何看待死亡。我想像那個八百公尺之外、蹲踞在聖保羅大教堂圓頂的男人，他腳下是一百三

24（作者注）根據廠商的網站，義大利一般的四口之家，每戶每年食用八百公克的能多益果仁醬，約莫是零・七公斤。

十公尺的天空，重力拉著他下滑，復活節一秒秒地過去，兩、三架直升機在他頭頂上嗡嗡轉動，誰知道他懷藏著哪些令人疲累的心事？貝尼尼設計的環形柱廊，墨索里尼下令修築的協和大道，對分而流的臺伯河，淡入於黑暗之中的羅馬，種種印製在明信片上的景觀，在他的睫毛尾尖躍躍跳動。

如果他滑了一跤，如果他縱身一躍，當大教堂的屋頂飛快逼近，他心裡會想些什麼？終於？

但願我有多一點時間，但願我有小孩，但願我有一雙比較高級的鞋子？

或是謝謝你，謝謝你，謝謝你？

他沒有往下跳。消防隊員用繩索套住他，把他拉回欄杆上。他四十五歲，依然跟他母親同住。她幾乎整個禮拜都見報，直說感謝天主。

但是死亡的氣息依然瀰漫空中。復活節之後五天，教宗的狀況顯著惡化。羅馬原本就是修女之城，我卻從來沒見過這麼多修女齊聚一處：一身卡其布的修女，一身藍衣的修女，一身筆挺耀目白衣的修女，她們站在聖彼得大教堂之前，三、四人成群，輕聲交談。我走過其中一人身邊，她的手指撥動玫瑰念珠，黑色的雙眼散發出強烈的誠摯與專注，抬頭凝視教宗宅邸的窗戶。我從未看過目光中散發出如此強烈的情感，好像她的雙眼將要灼灼燃燒，自她的臉頰脫落，蒸發在陽光中。

柱廊裡約有一千人，大家幾乎全都站著，絕大多數面向教宗宅邸的窗戶。人人默默不語，周遭一片靜默，甚至可以聽到清水滴入噴泉的水池。一幅旗幟微微飄動，一群白鴿飛過方尖碑。

一條街外的聖天使城堡（Castle Sant’ Angelo）前方，最起碼停了一百部白色廂型車，車子停得緊密，而且每個車頂都架著衛星天線的接收碟。身穿工作背心的攝影人員嚼食帕尼尼三明治；兩名記者分吃一條熱狗。

今天似乎格外不宜離開人世：四月一日，天氣好得不得了，蘋果樹和油桃樹繁花綻放，柿樹剛剛冒出新芽。羅馬的春天不太像是節氣，而是迎面襲來的顏彩：銀白、金黃、青綠。

我抬頭看看教宗若望．保祿二世的臥室，心裡想著，如果他的床鋪靠近窗邊，他可以看著白雲呼嘯飄過教堂的圓頂。一團團白燦燦的積雲，形若鐵砧，雲翼飄揚，微風一吹，雲朵慢慢化為絲縷，一道道細長的日光悄悄溜過，照耀各處。

隔天是星期六。每一份報紙的頭三版都是關於教宗。《晚郵報》（*Corriere della Sera*）以二十六頁的篇幅報導，連播放流行歌曲的電臺都談到教宗，萊諾．李奇和比吉斯的歌曲之間夾雜著連珠炮般的義大利語，東一句*Il Papa*，西一句*Il Papa*。在他的宅邸中，教宗發著高燒，肺部腎臟逐漸衰竭。我們碰到的每個人似乎都知道一些新的消息。他意識清醒，他意識不清，他認得他的隨行人員，他沒有陷入昏迷。他們已經為他做了臨終塗油禮，也就是那種只有臨終前才舉行的聖餐儀式。

說來似乎難以置信，但是今天比昨天更絢麗。天空是一片無止無盡、完美無瑕的深藍，四處都是潔白的小雛菊，小小的花朵朝著太陽展露歡顏，放眼望去，草地宛若覆滿一層白雪。微風吹拂，菩提樹飄散出雲層般的花粉。鐘聲四起。來自世界各地的祝禱朝著我們飛來，遠自巴西、中國、波蘭而來的祈求匆匆飄過我們的門窗，朝向梵蒂岡飛去。

梵蒂岡博物館中懸掛著長達五公里的藝術品，教宗可以示意將其中任何一件送到他的面前：拉斐爾、米開朗基羅、卡拉瓦喬、安基利科修士[25]，任何一位藝術家的作品都可以。但他只想聆聽波蘭語誦讀的聖經經文。

到了中午，說不定已有五萬名群眾聚集在廣場，人人抬頭凝視他宅邸的窗戶。

吃完晚餐，雙胞胎睡了之後，我再次走到山丘下的梵蒂岡。大家都利用這個時候出來散步，街上到處都是人，大多穿上休閒外套、長裙、閃閃發亮的皮鞋，打扮得相當光鮮。整條協和大道鎂光燈大作，八百公尺的街道白光灼灼，說不定上千個鏡頭對準大教堂。手提名牌皮包的女士們接受訪問；身穿白衣的神父們接受訪問。鴿群迴旋飛過噴泉上空。人人似乎靜靜等待，記者們似乎試圖從眾人的等待之中擠出一則新聞。

天空有如一疋紫羅蘭的絲綢，零零散散的星星散發出溫暖的星光，只有在非常清朗的夜晚，你才看得到這種令人屏息的紫黑。屋頂之上和廊柱之間人影重重，燭光在各處閃爍。

廣場上擠滿了人，甚至比聖誕節或是復活節更加擁擠——我猜約莫六萬人。教宗宅邸的三扇窗戶點著燈。整個頂樓只有這三扇窗戶燈光閃爍。我不禁猜想窗簾後方是否一陣慌亂、醫生們是否來回奔走。

約莫十二位神父聚集在大教堂左側的臺階上，輪流對著麥克風輕聲禱告，大多反覆唸誦玫瑰經和聖母經，群眾跟著喃喃唸誦。

扛著二十公斤攝影機的男人們擠過我們身邊。據說若望．保祿二世是第一位面對現代傳媒的教宗，他生活在一個時時更新、時時播報的媒體世界，顯然也將在這麼一個世界中辭

---

25 Fra Angelico，1395–1455，文藝復興時期歐洲藝術家，道明會的虔誠教徒，一生只畫宗教題材，大多在佛羅倫斯工作。

世。每件事情都被攝錄；每一個人都在攝錄。高舉手臂，握住手機、數位相機。如果教宗望向窗外，他會看到一大群在上千個鎂光燈中閃爍的臉孔，他也會看到自己灰白的臉龐轉化為一連串光點，經由電纜線和空中，立即傳輸到人人凝神觀看的世界各處。

這位教宗據說曾經開玩笑說：「一樁事件若是沒有呈現在電視螢幕，那就不算是發生。」如此說來，目前這樁事件絕對算是發生。四部架設在廣場上的超大螢幕播放朝聖信徒、大教堂、聖彼得石像的特寫，一位西裝革履、穿著耐吉球鞋的禿頭男子站在附近低頭默禱，在我的注視下，兩位攝影記者在他前面蹲下，各自拍了十幾張照片。

大教堂前方，一位年輕的神父接下麥克風，唱起一首我不知其名的歌曲，歌聲甜美得令人難以置信。群眾跟著哼唱。我閉上眼睛。儘管四處都是攝影機和圍觀的人群，今天早晨有種感覺卻特別真切——那是一種大隱於市的沉靜、一種隱匿在倉促忙亂之中的靜默。我說的不僅是墓窖、深巷，或是教堂之內的沉靜，而是那種冬日正午、偶爾瀰漫在廣場上的靜默，或是清晨時分、一株傘松散發出的靜謐——那股沉靜悄悄從大地潛行而出，讓你的心中盈滿安寧與祥和。

四月二日晚間，剛過九點三十分，教宗撒手西歸。在他的宅邸中，一位樞機主教念誦三次他的姓名。我身旁一位一身牛仔服飾、貌美絕倫的女孩靜靜啜泣。一座座鐘鈴慢慢鏗鏘作響，說不定只是大教堂左側的那一座鐘鈴，沉重地、穩穩地不停左右擺動。鐘聲裊裊，迴盪在碎石地、大圓柱、群聚在廣場的眾人之中，緩緩消散。

我以為我說不定會看到某個微小、榮華的身影緩緩出現在空中，但什麼都沒看見。廣場靜悄悄，只聽見鐘鈴和清水嘩嘩流入噴泉。我想著一．五公里之外的亨利和歐文，兩兄弟靜靜地在緊閉的房門之後沉睡。我心想，生老病死，每個人都逃不了。

大批民眾湧入羅馬。不到一天，梵蒂岡四周的街道全都擠滿了人。廣播中推測約莫兩百萬朝聖的民眾即將前來羅馬；網路中估計三百萬。雅尼庫倫山丘附近的公寓出租一空。旅館超額訂房。我們聽說名主播凱蒂．庫瑞克（Katie Couric）住進我們這條街的街尾；我們看到身穿工作背心的美國人在聖潘克拉奇歐城門旁邊的小酒館點杯百事可樂。

儘管到處鬧哄哄，我依然持續修改我的短篇小說，一鼓作氣地五度、六度改寫，時而不亦樂乎，時而深感挫折。

我一下子心想，這就對了，這個句子寫得不錯；一下子卻幾乎想要全盤放棄。但是到了現在，我已經習慣這種心情。

教宗過世之後三個晚上，蕭娜和我在我們的電腦上看ＤＶＤ。雙胞胎睡了。羅馬擠滿了訪客；臨時搭建的營地如同雨後春筍般出現在露天市場、音樂廳和空置的鐵路廠房。電影快要播完時，蕭娜說：「我不太舒服。」

「什麼意思？」

「我的脖子發麻，全身麻麻的。」

她眨眨眼，伸手朝著臉頰搧風。我注意到她的手指非常蒼白。她爬下床，不一會兒又回到床上。我瞄了一眼時鐘：十點三十一分。我按下停止鍵。

「我不太舒服，」她又說了一次，而且喉頭冒出一塊塊紅斑，顏色忽明忽淺。我跑出去幫她倒一杯水，等到我端著水回來，她已經又爬下床。她跑到房間另一頭，把玻璃杯擱在廚房的桌子上，甩甩手指，試圖恢復手指的知覺，然後眼神發白，昏倒在地。

只是一秒鐘，但在那短短的一刻，你可以感覺地球停止運轉，而後天旋地轉，天主的巨眼透過大氣、雲朵、屋頂、天花板瞪視，望穿你的衣物和肌膚，直直盯著那個在黑暗中茫然失措、自欺欺人的傢伙，而那個傢伙就是你。

我們小小的廚房似乎凍結在驚恐駭人、泛著銀白的燈光中。蕭娜躺在沙發前面的嬰兒被毯上，一隻膝蓋壓在身下。奇蹟似地，她的頭剛好撞上被毯捲起的一角。我不禁想到教宗、三日、復活。驚恐有如潮水般一波波湧現。

我把蕭娜拖到沙發上。五秒鐘之後，她恢復意識，但是眼神飄忽，狀似渙散，非常奇怪。她開始劇烈顫抖，雖非癲癇，但是一樣強烈。我緊緊握住她的手指。她的手掌冰冷。

「妳昏倒了，」我說。我試圖相信她果真昏了過去。

她輕聲說：「我沒辦法呼吸。」但是她呼吸正常。我幫她蓋上一條條毯子。我把厚厚的毛襪套在她的腳上。三公尺之外，歐文在浴室裡安睡，浴室隔壁的臥房裡，亨利也好夢方酣。

醫生，我心想，醫生。我認識幾個大學時代的醫生朋友。我在博伊西一個朋友的爸爸是神經科專家。現在博伊西是早上嗎？我胡亂翻過一頁頁通訊錄。打電話到美國必須撥打哪些號碼？0-001？0-11？我想不起那一連串號碼。蕭娜在毯子下打顫——她蓋了三條毯子，家裡也只有這三條毯子。如果假裝根本沒有發生這種事情，豈不是單純多了？如果我們在博伊西，我可以把她扶到我們的車裡、開車五分鐘、載她到急診室，豈不是容易多了？

「蕭娜，妳得上醫院嗎？妳覺得妳必須上醫院嗎？」

她的牙齒劇烈打顫，格格作響。「我好害怕，」她說。

我不記得接下來發生的每一件事。我打電話給大門口的守衛諾瑪，諾瑪幫我叫了計程車。我打電話給我們那個天不怕地不怕的鄰居蘿拉，她不到一分鐘就走進我們家門。我想跟她解釋雙胞胎喝什麼牛奶、奶瓶在哪裡，但她揮揮手把我推到門外。

不知怎麼地，我們走到了路邊的人行道上。不知怎麼地，另一位研究員西恩和一個我從沒見過的義大利人得知我們需要協助。他們跟我們一起坐在學院的臺階上。最近的急診室在特拉斯特維雷區的瑪格麗塔皇后醫院，距離這裡不到一．五公里。蕭娜裹著我們那條黃色的絨毛毛毯，靜默之中，我可以聽到她的牙齒格格作響。

這位計程車司機的行車技術跟每一位義大利計程車司機同樣驚人，我們約莫不到兩分鐘就抵達醫院。醫護人員手一揮就准許她入院，一位矮小、沉著、穿著運動鞋的護士帶著我們走進檢查室，幫我們找了一個醫生。醫生個子高高的，一臉睡意，帶點樟腦丸的氣味。我笨拙的義大利語派不上用場：我無法形容發麻、失去意識，或是無法呼吸。我只會說「昏倒」：*indistinto*。

我試一試：「*La mia mogle, lei è indistinta.*」我太太，她不清不楚。西恩的義大利朋友終於從等候室過來解救我們。

醫生做檢查。我們的新朋友翻譯。我暗自祈求上天。我深愛我太太，但是說來慚愧，我的禱詞其實相當自私。如果我必須自個兒照顧我們的雙胞胎，那該怎麼辦？每一分鐘都被他們綁住，沒有人為我脫困，沒有人一同歡笑，當他們清晨四點，哭著醒來，沒有人讓我問一句：「我們是不是乾脆讓他們哭一哭？」我在納沃納廣場的路邊換尿布時，誰幫我逗另一個小寶寶開心？

鰥夫老爹與雙胞胎：一齣難看、很快就下檔的情境喜劇。

醫生請蕭娜伸出舌頭。他在舌頭上滴了幾滴讓她鎮定下來的藥劑。我請問可不可以再幫她蓋一條毯子。約莫半小時之後，她終於不再顫抖。那位矮小的護士拿著注射針在蕭娜的前臂上戳來戳去，搞了好久，試圖找到血管，我太太穿著她那雙厚厚的襪子，略為昏沉地躺在檢查桌上，我們的義大利朋友臉色發青，不得不到另一個房間裡坐坐，我前後踱步，想著山丘上家中的雙胞胎，他們睡得可好？檢查室角落的紙屑廢物愈堆愈高，這些揉成一團的衛生紙、OK繃、背膠墊，究竟是怎麼回事？我試著迫使蕭娜回溯她的一日，比方說什麼時候吃了東西、什麼時候喝了水，但是這會兒她吃了藥昏昏沉沉，緊張害怕，而且有個身高約一百五十五公分，穿著運動鞋的護士，不停拿著注射針在她臂膀上戳刺。

最後我們終於明白她整天只喝了一杯水，午餐之後什麼都沒喝。

「我們有兩個小寶寶，」我告訴醫生。「雙胞胎。」他看看蕭娜，頭歪向一側，好像試圖衡量這一點。說不定我的義大利文糟糕到詞不達意。我總是擔心我冒犯了別人、指錯了方向、多要了一些柚橙醬，我在義大利始終擔心這些事情。

我用英文跟護士說了一個笑話：「你怎麼稱呼那些會說兩種語言的人？雙語人士。你怎麼稱呼那些只會說一種語言的人？美國佬。」

他沒笑。他們終於抽了血。他們幫蕭娜打點滴。他們幫她做心電圖檢查。他們問我一些關於她經期的問題，我不太了解那些問題，我覺得他們在猜想她是不是懷孕。醫生說他希望讓她在醫院裡待一整夜。

凌晨一點，置身異國的醫院，你不免胡思亂想，做出最壞的打算。腦瘤？神經系統異常？吉兆，凶兆：那隻全知全能的眼睛從數公里之外望穿我們，無事不知，無事不曉。

「說不定妳只是被雙胞胎累壞了，」我跟蕭娜說。

「或許吧，」她說。

我們手牽著手。她的病床被推進一個帶著尿騷味的電梯，電梯發出刺耳的聲響，緩緩上升，她被推到走廊另一頭，我們走進一個房間，一位看護啪地打開電燈，躺在另外兩張床上的兩名女子醒來，不悅地哼了一聲，扭動一下床單下的身子。

看護把蕭娜的病床安置在角落，跟我們說了幾句我聽不懂的話，啪地一聲關上電燈，轉頭離去。兩名女子鼻子抽抽搭搭，輕輕哼了一聲，靠窗的那一位體型壯碩，看起來年紀很大。她開始咳嗽。窗外即是特拉斯特維雷區，往下一望，幾乎就是先前我們看到一名男子和一隻紐芬蘭犬騎上機車的那個巷道。連這個時刻都塞車：數部汽車、一部公車、一輛坐了半滿、穿梭而過的電車駛過街道，一個女孩站在電車最後一節車廂，手掌緊貼著車窗。

這間病房只有三張病床、兩座點滴架、以及一臺立式暖氣爐，爐子的油漆剝落，露出一條條細長的鏽斑。沒有椅子。洗手間在走廊另一頭。蕭娜一臉憔悴，臉色蒼白：她看起來好像被置入米開朗基羅的《最後的審判》，安插在壁畫的右下角，臉孔與身影在藍光之中顫抖，畏縮於船夫可怕的槳板之前。「死亡的徵兆無以計數，」老普林尼在疾病一章之中寫道，「然而，健康卻是毫無擔保。」

老太太喀喀嘎嘎，連聲劇咳。另一位女子安靜無聲。蕭娜的注射液靜悄悄地滴落，點滴袋極為緩慢地扁縮。走廊另一頭傳來一聲呻吟，回音裊裊。我時而蹲在地上，時而坐在床緣，十二個月來的失眠耗損了我的心力，我胡思亂想，浮躁偏執，感覺心中有個赤裸裸的傷口，一碰就痛。蘿拉幫我們照顧雙胞胎，兩兄弟說不定睡得正熟，但我非常不放心拋下他們；我感覺他們似乎忽然變得非常脆弱，好像待在義大利這段期間，我們始終在一個結了薄冰的湖面溜冰，如今薄冰終於無法支撐。

我找得到的兩個護士都不會說英文。我請她們給我一杯水，結果只拿到一個空杯。我從另一個病房的空床上偷拿一條毛毯，蓋在蕭娜的腳上。我餵她喝下自來水。

蕭娜在病房裡待了半小時之後，一位護士走了進來，啪地打開電燈，她跟我說——而且我非常確定她正是此意——我不能待在這裡過夜。其他病床傳來更多呻吟聲。我假裝聽不懂。護士雙手叉腰，看看夾紙板，啪地關掉電燈。我可以聽到她走向樓層另一頭，她的鞋底吱吱作響。

呼吸聲。車聲。電梯不甘不願地喘息。「我好害怕，」蕭娜輕聲說。街燈在她眼中閃爍。

「我知道。」

「我哪裡不對勁？」

「妳沒事。妳需要休息。他們幫妳補充水分。」

「但是，雙胞胎呢？」

「雙胞胎很好。」

老太太咳了又咳。我逐漸感覺她是衝著我們咳嗽，抗議我們不為別人著想。我大約凌晨兩點離開醫院，點滴袋空了，蕭娜毫無睡意。我衝上空空蕩蕩的石階，越過漆黑的樹下，還剩下最後五分之二公里，我拔腿飛奔，跑過帕歐拉大噴泉，噴泉之中，青藍的流水不停晃動。

歐文清晨五點四十五分醒來。到了五點五十分，他已經上了大號、從餐桌拽下一個裝滿了水的杯子、弄濕了整件睡衣。

我打電話給塔希，她說她十點半之前就過來。蘿拉睡眼惺忪，但她七點鐘可以過來照顧雙胞胎。我出門時，雙胞胎坐在高腳椅上，興高采烈地把蜂蜜果仁的小圈餅扔到地上，笑得好開心。我小跑步到醫院，走進大門，衝上樓梯，踏入蕭娜的病房，沿途沒有簽署任何登記表，也沒看到半個人。蕭娜看起來好多了。他們夜間又幫她打了一袋點滴，她的臉頰已經恢復紅潤。老太太依然咳嗽；年紀較輕的女子坐起，拿著手機講電話。到了九點，沒半個人過來跟我們談談。我們等了又等。在義大利一住進醫院，時間就不再由你掌控。

「妳還好嗎？」

「好多了。我沒事。」

「妳懷孕了嗎？」

「沒有。」她看著我。「我想我沒有。」

「妳覺得妳的狀況好到可以出院了嗎？」

「或許吧。但我們難道不想知道出了什麼事嗎？」

我們又等了半小時。我們沒事。一切都會沒事。我買了牛角麵包和橘子汁。學院行政組的副組長琵娜——一位和藹可親、生氣勃勃、疼愛我們雙胞胎的女士——過來醫院陪我們等到十一點。

樓層另一頭，一間跟蕭娜病房完全相同的房間裡，我看到三位醫生在病床之間走來走去。一位在夾紙板上草草書寫，一位問問題，一位量脈搏。但是又過了半小時，依然沒有人走進我們的病房。

琵娜告訴我們，羅馬擠滿朝聖的民眾。排隊進入大教堂瞻仰教宗遺體的民眾，幾乎必須等候二十四小時。市府預估光是來自波蘭的致哀者就多達兩百萬人。琵娜昨天排了八小時的隊，甚至還沒走到廣場。她說警察已經開始驅離試圖二度排隊瞻仰遺體的民眾，因為還沒輪到他們，教宗肯定已經下葬。市府正傳送簡訊給羅馬每一位手機用戶，勸告大家別進城。

你可能星期三開始排隊，星期五依然站在隊伍之中。

下午兩點左右，那三位醫生終於走進我們的病房。他們先幫咳嗽的老太太看診，問她問題，聆聽她的胸肺的聲音，耗時甚久。人人不疾不徐——沒有所謂的「趕快」，沒有沾滿血跡的護士衝進來通報壞消息。最後醫生們終於走到我們面前，琵娜開始講話，醫生們聽了一會兒，問蕭娜幾個問題。琵娜大笑，醫生們大笑。蕭娜和我只聽懂一點點，半張著嘴點點頭，等著琵娜幫我們翻譯。你緊抓著那些對話不放——你猜想字字句句攸關你和你太太的命運——但你卻不敢百分之百確定他們不是正在閒聊電視節目，那種感覺真糟糕。我仔細端詳琵娜的臉龐、她那張忙著說話的嘴巴、她那雙大眼睛。我聽到其中一位女醫生說 *soleggiato*。晴朗。晴朗？那是個診斷嗎？

「琵娜，」我說。「我們聽不懂。」

她拍拍蕭娜的手。「他們說他們相當確定脫水和疲乏引發昏厥，」她說。「隨後恐慌發作。」

我們鬆了一口氣。脫水。疲乏。她沒有懷孕。基本而言，這正是我們已經知曉的診斷：雙胞胎果然把她累壞了。蕭娜一小時之後就出院。出院之前，我只填了一張索引卡大小的表格，寫下我們的地址、我的居留證號碼和我們的護照號碼。住院費用全免，我們永遠沒有接獲帳單。

回家之後，我付錢給塔希，她泰然自若，似乎完全見怪不怪，好像菲律賓媽媽們總是昏厥，沒什麼大不了。跟塔希相處之時，我總是想起種種關於拉斐爾的事蹟，根據史料，拉斐爾顯然從來不使性子，也從來不跟助理們發脾氣；他英挺謙遜，撰寫言辭優美的信函給那些糾纏不休的爵爺們，解釋為什麼無法按時呈交一幅油畫或是織錦畫。他卻因為過度勞累，三十七歲就辭世。

蕭娜洗個澡，陪亨利和歐文玩一會兒，然後上床休息。

雙胞胎朝著我爬過來，把他們的頭搭在我的大腿上。他們的身軀軟軟軟；他們的手指黏答答。我為他們朗讀《大魚，小魚》；我試圖想像自己是單親爸爸。我推著嬰兒車走到卡利尼街上的葡萄酒專賣店，買了兩箱礦泉水，把一瓶瓶容量可觀的礦泉水堆在嬰兒車底下的籃子裡，滿身大汗地推著車子往回走。我在學院後方的花園裡暫時止步，讓雙胞胎在草地上爬一爬。

松樹的樹梢在我們的頭頂上晃動，單薄的陰影細緻繁美。我頭一次想起我們離開博伊西的前一天、一個朋友在我們家廚房跟蕭娜說的話，而且每個字都清清楚楚：「沒有太多人會二話不說，就這麼帶著兩個小寶寶搬到義大利，你們曉得吧？」

當時我以為他只是說說罷了。

黃昏時分，蝙蝠從拱門下群湧而出，颼颼飛過露臺，在空中劃出一個個朦朧的圓弧。夜色滲過樹梢、門窗、心中。

我以為我的義大利話尚可，然後我太太在廚房昏倒，我意識到自己畢竟一竅不通。我會說「這部嬰兒車是紐西蘭製造」，我也會說「我想訂兩個人的位子」，但我問不出「她為什麼顫抖得這麼厲害」，或是「總歸一句，我太太的健康狀況如何」，因為我說不出問句，也聽不懂回答。因此，我停留在*Si*、*No*、*Buongiorno*、*Buona sera*的範疇，侷限於我眼中所見的羅馬，偶爾透過小孔，看穿這個我自己捏塑出來的小世界，能夠吸收多少，就試著吸收多少。有個女人跟她先生每天晚上在我們公寓門口餵野貓，他們開著白色的休旅車前來，緩緩把車停在門口，輕輕吹口哨，擺出一團團用錫箔紙包好的白煮肉。肉店老闆戴頂滑雪帽，慈眉善目，他兒子的頭髮染成金黃，一身太陽燈曬出的小麥色肌膚——我們戲稱這個小夥子是英國男星裘德洛——脖子上掛著他的衝浪項鍊，盯著鈴鈴作響的手機，一臉不耐煩地看著我，用英文大喊：「女朋友又來了！」麵條專賣店的瑪麗亞，我們在學院照片檔案室的朋友拉薇妮雅娜，太太快要生一對雙胞胎的馬可，學院的警衛老好人羅倫佐。但我**真的**認識他們任何一位嗎？我能說我了解他們任何一人的生活嗎？

我們之所以來到羅馬，原因在於如果我們婉拒這個機會，心中可能始終有個遺憾。我們知道舉足不前終究導致懊惱。但是羅馬竟然是一個如此浩大的謎團，我所知道的卻是如此有限，想來始終令我訝異。一二八二年，托斯卡尼的阿雷佐修士（Ristoro d'Arezzo）斷言：「一棟屋子的住戶們若是不曉得屋子是如何打造，那可真是糟糕。」沒錯，的確糟糕。我以為他的意思是我們應該了解我們居住的地球，諸如它的天空、它的岩石。我們應該了解我們為什麼過著目前這種日子。但我甚至不了解我們居住的這棟公寓。油布是如何製成？窗玻璃，或陶瓷呢？自來水憑藉什麼動力升上三樓，從這個水龍頭流出來？

別管屋子，我們的軀體呢？動脈硬化、栓塞、血栓、梗塞——我完全搞不懂這些名堂。我們真的知道蕭娜因為疲乏而昏厥嗎？她之所以昏厥，可不可能因為有個小血塊正在她的動脈中漫遊，等著阻斷她的血液供給，害她送命？

羅馬呢？羅馬是個美麗的城市，卻也是個醜陋的都會。這個城市具有某種特質，促使種種對立、不協調的景觀看起來更加矛盾：一座具有四百年歷史的教堂外牆掛著Levi's牛仔褲的廣告看板，一個足蹬美金三百元皮鞋的醉鬼倒臥在電車裡，四天之前，我早上排隊買麵包，一名男子跟麵包師傅聊了五分鐘，渾然無視我和其他五個人在他後面等候，然後鑽進一部賓士汽車，以時速八十公里的車速揚長而去，好像連一秒鐘都浪費不起。

Ciao，*ciao*。*Buongiorno*，*buongiorno*。相較於去年十一月，如今我反而更不了解義大利。現在的我，說不定比當年那個年僅七歲，拿著蠟筆為萬神殿著色的小男孩，更不了解義大利。

什麼是羅馬？羅馬是大人可以開小車，而且是叫做熊貓、Musa（繆思女神）、Punto（圓點）、Stilo（點針），或是畢卡索的小車。

羅馬幾乎每星期都有宗教慶典與盛宴。羅馬的商店營業時間令人發狂。羅馬是一個即將變成半是老人院，半是觀光博物館的城市。羅馬就像「咖啡外帶」之前的美國，小孩在家裡附近的碎石地玩耍，地上有些菸蒂，旁邊有座未經檢驗的鞦韆架，幾乎人人一菸在手，附近的商店都由鄰居們經營，儘管車子正在行進，孩童依然站在乘客座上，手掌攤平，緊貼著儀表板。羅馬的公共健保一視同仁，確保義大利人和外國人獲得同等協助，在這個制度下，醫生可以決定蕭娜最好在醫院裡待一晚，而不必擔心蕭娜將因此支付數千美金的醫藥費。羅馬是我們的朋友克里斯丁亞諾．厄巴尼，厄巴尼一家四代都是漁夫，他是頭一個違反傳統的子孫，「你知道嗎？」他說，「他們好早就得起床，而且始終帶著魚腥味！」羅馬經濟衰退，出生率是全歐洲最低（每名女子只生一點三個寶寶），三十至三十四歲的成年人之中，百分之四十仍與父母同住。羅馬的交通號誌純粹是自由心證，羅馬人絕對不在午餐之前點一杯拿鐵，羅馬人若是到了四十歲仍在披薩店裡甩麵糰，大家也不會覺得他一事無成。羅馬的父母們准許小孩在街上踢足球，讓小孩從學校走回家，你在街上看到一個大人跟小孩講話，也不見得馬上想到「戀童癖」。

我走在街上，法尼榭宮後方那座米開朗基羅未及完成的石橋，常春藤垂掛而下，隨風飄蕩，清水從森林之神的口中湧出，流入一個殼口朝上的扇形殼貝，我行走其間，感覺自己緩緩解開纏繞了千百年的往事；往事意味深長，迴盪飄渺，穿越石牆，一把鑰匙悄悄插入鎖孔，阻隔在羅馬與我之間的鐵門，終將開啟一個寬敞的通道。

我走到下一條街，卻眼見兩個一身皮夾克、戴著唇環的男人，站在西斯托橋上，朝著路過的慢跑行人丟石頭，我不禁心想，羅馬的一切，畢竟超乎我的理解。

Che carini。*Che belli*。明月在露臺上空閃閃發光。此時此刻，人們從歐洲、南美、非洲遠道而來，自四方八方湧入羅馬，哀悼一位逝去的長者，一窺沿襲兩千年的神祕傳統。我四處走動，感覺彷彿受到叛徒們挾持，蒙上布條，透過布條的縫隙看著美景緩緩流逝。在我的觀望下，五、六、七隻刺尾雨燕，一隻接著一隻俯衝飛入壁爐細長的煙筒。

「羅馬啊，儘管你是整個世界，」歌德一七九〇年寫道，「但若是沒有愛，世界不成世界，羅馬也不可能是羅馬。」

春夜就像一股強勁的暖流，掃過一束束盛開中的鬱金香，宛如河流般湧入你的心中。

四月八日，教宗入殮的早晨，三架噴射機隆隆越過我們公寓上空，櫥櫃裡的碗盤被震得嘎嘎作響。一架架直升機盤旋在梵蒂岡上空。

蕭娜看起來好多了，她說說笑笑，抱著雙胞胎走來走去。我整個早上撰寫書評，忙完之後，我走過雅尼庫倫山丘的丘頂，行經加里波底將軍騎在馬上的巨大雕像和將帥們的半身像，走下陡峭、狹長，直通臺伯河的窄巷。但我依然沒看到人群，最起碼不像媒體再三描述的那麼盛大：根據媒體報導，四、五百萬致哀者排隊瞻仰教宗遺體，隊伍長達四公里，每小時都有二十名致哀者因為疲倦，或是脫水而昏厥。

然後我走到了河邊。一身亮綠的義工封鎖街道，其中許多人戴著帽沿插著羽毛的軟呢帽。我平常行往大教堂的幾條路全都封鎖。救護車和軍用卡車閒置在十字路口；每個路口都圍上封條。若是想要再走近一點，我必須越過臺伯河，從河岸的另一頭繞一大圈，設法走向梵蒂岡。

離我最近的阿歐斯塔王子橋（Ponte Principe Amedeo Savoia Aosta），兩側低矮的護牆擺滿了蠟燭，紅色的燈罩從橋頭排到橋尾，燭火卻已熄滅。一群大學生、幾個坐在海灘椅上的女人、一位穿了一件看似滑雪褲的教士，各個朝聖者在碎石子路上打起瞌睡。橋下的河水一片淺綠，陽光一照，波光粼粼。一塊跟部迷你廂型車一樣長寬的三夾板順著河水緩緩漂流。

遠處河畔的梧桐樹飄下好多種子，空中似乎飄滿雪花。種子緩緩飄落，輕輕打上我的太陽眼鏡。一艘救火船嘩嘩駛過，警方船隻緊隨其後。大風一吹，進駐在聖天使城堡邊的媒體車隊揚起點點塵埃。

人們夾著捲起的睡袋四處走動，慢跑的小徑帳篷林立，我見到的朝聖者中，每十人就有一人背著龐大的旅行背包，或是拖著一個附有滾輪的行李箱。幾乎每個人都神情呆滯，你若連續多日躺在硬梆梆的地上睡覺，而且醒得太早，就會露出這種空洞的神情。

維托里亞諾．艾紐曼二世大橋完全劃入警戒線，無法通行。我溯流而上，走到下一座橋，聖天使橋上擠滿朝聖的民眾，摩肩接踵，非常擁擠。我擠了進去，幾十部收音機同時作響，全都調到同一個頻道。人人遲緩靜默，面朝同一方向。一位高舉波蘭文牌示的祭司男孩擠過眾人身旁。兩位修女雙手抱膝，坐在硬紙板上。半公里之外，教宗遺體旁的某人致詞完畢，掌聲響徹收音機，遠處搭設在鷹架上的擴音機也傳出斷斷沙沙的掌聲。

我花了十五分鐘才走到橋的另一頭。此處小販沿著人群販售各式商品：若望保祿餐盤，若望保祿運動衫，若望保祿半身像，塑膠製的半身像品質拙劣，接縫沒有對準，斜斜劃過臉龐。成千上萬民眾緊緊抓著各種語言的教宗遺囑，好像他是一個有錢的叔伯，說不定遺贈給大家某些東西。說不定他果真如此。

我爬上欄杆，勉強瞥見半公里外的大教堂，協和大道盡頭的大教堂宏偉莊嚴，隱隱可見一小群紅衣樞機主教站在階梯頂端，其後是一波波一身黑衣的各國總統、皇室、使節和首相，接下來是兩排平行的街燈和數以百萬計的民眾，燈光與人影往下延展，好像沒入海中的七彩沙灘。周遭感覺蠢蠢欲動；媒體在屋頂上搭起攝影棚，白色的棚頂噗噗趴趴，拍打著鉤索。

我心想，如果海嘯的犧牲者全都沿著一條大道緩緩前進，說不定就是目前這種場面。但是這裡的人更多，說不定兩百萬，甚至三百萬，幾乎是整個愛達荷州人口的兩倍。這些數字原本龐大到不太真實，直到面對整個街道的流動廁所，我才了解數字的意義：廁所彎彎曲曲地排成三列，最起碼一千間，顏色亮藍，風扇嗡嗡作響。不知怎麼地，一部卡車居然有辦法開進陣勢龐大的流動廁所之間，一間接著一間清理穢物。

此時掌聲再起，還有歌聲。歌聲從人們口中、收音機和高高在上的擴音機中緩緩送出。大教堂裡的某人開始祈禱，我周遭的每個人幾乎全都把頭低下。*preghiamo*。讓我們祈禱吧。一個站在鷹架上的攝影記者剝食香蕉。一個戴著一副破眼鏡的神父懶洋洋地靠著卡車打盹，肩上披著一條印著全球地圖的海灘巾。

我好像閒晃到一場有史以來最盛大的停車場野餐派對，派對三天之前就該結束，熱鬧歡騰的氣氛已經淡化為喉嚨嘶啞、頭昏腦脹的疲憊——有些人啜泣；很多人睡了。義工們分發一公升一公升的飲水。一名女子輕輕抱著一隻成年的德國狼犬。一名男子鼾聲大作。

醫護人員的藍衣，義工的綠衣，憲兵的天藍長褲與紅條紋上衣——義大利的顏彩一一湧現。庇亞廣場（Piazza Pia）全面封閉；聖天使大道（Borgo Sant' Angelo）禁止通行。我意識到我就算繞著梵蒂岡走一圈，結果只是回到原點。人人一臉肅穆，聽著手中的收音機，瞪著彼此的脊背。那些個子高，或是運氣好的人們，頂多只看得到鷹架和攝影機，否則你只看得到別人的後腦勺。但是人人依然站在原地，感覺自己參與了某件大事。

我忽然興起一股輕微的占有欲——為什麼我的通行受到限制？誰允許那些舉旗的波蘭人通行？然後我意識到這就是重點——教宗若望．保祿二世、天主教會，甚至羅馬本身，隸屬每一個抱持虔誠之心的信徒。教廷有如一個巨大、緩緩轉動的車輪，一位魅力十足的領袖負責掌舵，而羅馬是其中的樞紐，正如中古世紀的天主教會。現代科技將若望．保祿二世的臉孔傳送到數十億人眼中；他是全世界看起來最熟悉的人物、你村裡的牧師、你的爺爺、你的告解者，少了他，世界感覺紛亂多了，也危險多了。

擴音機再度傳出歌聲。收音機也洋溢著樂聲。說不定此時此刻，他正展現最後的奇蹟：不知怎麼地，他已將數百萬名旁觀者，轉化為數百萬名參與者。

大教堂宏偉的圓頂矗立在遠方，一波波燈光之中，圓頂忽隱忽現，傲視一切。這是有史以來最浩大的一場葬禮，從來沒有這麼多外國使節齊聚一堂，教廷歷史中，從來沒有這麼多信徒聚在一起參拜。此時氣氛凝重，幾乎私密。一位女子低著頭，雙手握著野花，推擠走過人群。我旁邊那位手腕上刺了一圈鐵絲網刺青的少年，用他襯衫的衣袖抹去淚水。一位站在皮箱上的修女對我微微一笑。緩慢的歌聲唱唱停停，我周圍的男男女女喃喃而語，以各種不同的語言默禱，逐漸加入彌撒的行列。雲朵匆匆飄過圓頂，又是一個四月天；銀閃閃的白雲遨遊天際，一如往常地飄浮在羅馬上方，俯瞰其下的種種事端，四百萬人的歌聲緩緩上揚，在空中與白雲交會。

教宗入殮三天之後，亨利頭一次不需要我們攙扶，自己跨步往前走。他雙手搭在沙發上站起來，在原地站了一秒鐘，搖搖腳趾頭，然後放開雙手。他小小的身軀東搖西晃，慢慢走向兩公尺之外的抽屜把手。他緊抓著把手，雙眼圓睜，好像被自己嚇了一大跳。

「太好了！」蕭娜大喊。「乖寶寶！」

整個早晨，我們穿著睡衣坐在地上，亨利在我們之間走來走去，好像水手穿越驚滔駭浪中的甲板，歐文裹著毛毯在旁觀望，臉上露出困惑的微笑。

市區漸漸空蕩。印著若望・保祿肖像、寫著*Grazie*或是*Santo Subito*（立即封聖）的海報，依然張貼在特拉斯特維雷區各處，但是市場和酒吧裡的羅馬市民大多談論*l'elezione*[26]。報紙刊出西斯汀教堂的平面圖、座位表、一百三十四位樞機主教的側貌。我們的朋友史提夫・豪瑟傳回報社的稿件中——史提夫是《波士頓環球報》的編輯，已在羅馬住了六個月——逐漸出現*curia*（天主教最高法庭）、*scrutineer*（監票人）等奇怪的字眼。

黑色煙霧，沒有選出教宗。白色煙霧，新任教宗出爐。這些鐘鈴就是報訊的鐘鈴嗎？學院之中，學者們召開深夜專題研討，探究教宗世襲制。大夥打賭哪一位樞機主教將繼任為下一任教宗。音樂學家麥克・卡瑟伯特在他的公寓門上貼了一張類似美國大學籃球錦標賽的晉級圖。義大利樞機主教德達曼奇（Dionigi Tettamanzi）呼聲最高。宏都拉斯樞機主教馬拉迪亞加（Oscar Andrés Rodríguez Maradiaga）可能爆出冷門。

不可知論者、猶太人、同性戀等非天主教徒，似乎同樣關注教廷的祕密會議，一位信奉印度教的朋友甚至從博伊西寫電子郵件來探聽狀況——神祕兮兮的遴選過程，稀奇古怪的字彙，壯麗隆重的儀式，人人因而大為著迷。一二七四年，教宗額我略十世[27]想出一個點子，

26 選舉。

27 Gregory X，一譯「國瑞十世」。

他把樞機主教全都關在一個房間裡，主教們在房裡就寢，吃喝拉撒也全在房裡。每人每天一盤餐點和一碗湯。若是膠著五天仍無進展，配糧則減至麵包、清水和酒。主教們不能支領薪餉，也不能跟外界聯絡。七百三十年來，這套規則幾乎不曾改變。

「如果媒體可以拍攝，」我們的朋友珍娜說，「根本就是真人實境秀。」燭光閃閃爍爍，鏡頭慢慢拉近主持人，背後的濕壁畫光影重重，隱約可見畫中一個個肌肉糾結的裸體青年。「廣告回來之後，我們將為您播出最戲劇化的對決……」

試想密室裡的政治角力和數以千計的臆測，連最單純的交流都蘊藏著種種意義。竊竊私語，考驗忠貞；合縱連橫，試煉教義；一件件紅袍一陣風似地衝向走廊盡頭，來自全球媒體的關注有如浪潮般衝擊緊閉的房門。兩位主教在中庭停步：握握手，哧哧吸氣，互看一眼，為時甚至不到半秒鐘，權力就這麼悄悄地、無形地由一人的肩頭，轉至另一人的手中。

下午當班之前，警衛羅倫佐跟我們一起在學院後面的花園裡坐坐，他對著雙胞胎微笑，讓亨利握著他的手指繞著他的木椅走了一圈又一圈。亨利高興得大笑。羅倫佐說義大利有句流傳已久的俗諺：「一個胖教宗後面始終跟著一個瘦教宗。」

這是不是表示繼一個瘦教宗之後，他們會選出一個胖教宗？教宗賭盤中，我挑了六十九歲的樞機主教卡爾．雷曼（Karl Lehmann）下注。這位主教相當不看好，我也從沒聽過他的名字，但是我看看照片，他那個肉嘟嘟的下巴可不是鬧著玩的。

雙胞胎跌倒、站起，跌倒、站起。蕭娜搭計程車去看病，我獨自看顧雙胞胎。我跟他們奮戰了一小時，覺得自己也快要不支倒地。他們不斷跌倒，不斷站起，我相信一定說得出一個象徵意義，但我忙著看顧他們，以防他們撞到桌角，根本沒空多加思量。

教宗選舉會議的第一天、亨利邁出第一步之後七天，歐文也邁出他的第一步。那是我在羅馬所見過最美好的下午，說不定我從未見過如此宜人的午後。格棚棚頂繁花簇簇，一串串濃密的紫藤花自各處垂掛而下。蜜蜂在草坪間飛舞，晴空萬里，完美至極，閃爍著亮澄澄的金光；我覺得我似乎可以伸出手指輕輕一拍，敲打出叮叮噹噹的聲響。「你看看那日光，」十九世紀的羅馬詩人貝利（Giuseppe Gioacchino Belli）寫道：「你瞧瞧，岩石被它曬得迸裂。」他說不定也在一個如此美好的春日，抬頭凝視特拉斯特維雷區上方的天空。

一隻貓咪在門氈上磨磨爪子。娟秀的紫羅蘭沿著花園的磚牆綻放，繁花盛開，花團錦簇，有如一面九公尺高的花牆。

蕭娜把歐文抱到草地上，走到幾公尺之外彎腰撿拾一個玩具，忽然之間，歐文已經搭著嬰兒車站起來，搖搖晃晃走到她後面，兩隻小手貼著她的小腿。

他咧嘴一笑。「Mo, mo?」他說。再來一次，再來一次。整個下午，我們跟著我們兩個小兒子在草地上漫步，我們半蹲，兩隻手臂圍成圓形，圈住他們的小肚子，他們小小的身軀搖搖晃晃，勇往直前。他們跌跤，跌坐在自己的手掌上。他們再站起來。

亨利兩手緊緊抓著奶瓶蓋。歐文咧開小嘴，笑了又笑。兩兄弟一頭往前衝。

四月十九日，蕭娜離家外出，到學院聽演講。我陪雙胞胎堆積木。市區另一頭，樞機主教們計算選票，忽然意識到他們已經成功選出新任教宗。西斯汀教堂的煙囪冒出煙霧。「*Bianca, bianca.*」[28]廣場上的人們高聲喊叫。

我完全不曉得這回事——我只知道我必須幫亨利換尿片，而且歐文玩膩了積木，現正拉扯尿布桌下的電源線。檯燈已經被他拉到地上，他嘴裡也塞了一截電源線，這時，敞開的窗外傳來數百座鏗鏗鏘鏘的鐘聲。

我看看手錶：下午六點零八分。這種時刻教堂不該敲鐘。

我把檯燈放好，幫亨利換上一件乾淨的長褲，把牛奶倒進奶瓶，跟雙胞胎奮戰，拖拉著兩人下樓到嬰兒車旁。我推著車子走過正門，跟守衛路卡大聲說：「選出新教宗了？」

「沒錯。」

「哪一位？」

「到現在只聽到鐘聲。」

只有鐘聲。可憐的蕭娜，最近她先是住院，然後忙著照顧雙胞胎，累到無暇顧及眾所矚目的教宗選舉，這會兒她被困在學院裡，大家也跟她說不曉得誰當選。但是演講繼續進行，我沒看到她走下學院正門的臺階。

我把嬰兒車轉個方向，往前走過聖潘克拉奇歐城門，沿著雅尼庫倫山丘的邊緣前進。空中飄著小雨，雨點稀疏，幾乎難以察覺。往東望去，羅馬一片霧濛濛，往西望去，天空卻是亮麗的橙黃，好像隨時可能浮現六道彩虹。

我抄近路，直奔山丘下的梵蒂岡。一部巴士隆隆駛過，車裡擠滿了修女。嬰兒車一路顛簸，雙胞胎隨著蹦跳的節奏哼唱。我匆匆行進，但是沒有走得太快，我也沒看到哪個人拔腿飛奔。車輛朝北疾駛，交通似乎比平常繁忙，但很難說得準。

走著走著，路上的車輛忽然停了下來，我們站在兒童醫院附近，雙胞胎突然不哼歌了，靜默之中，我可以聽到鐘聲四起——數千座鐘鈴鏗鏘作響，此起彼落，那種聲響讓人感覺羅馬每一個沉睡中的街角全都漸漸甦醒。日光銀白，聖彼得大教堂的圓頂濕漉漉、亮晃晃地聳立於松柏的樹梢之間，微小的雨點一滴滴飄落，亨利和歐文開懷大笑，頭髮隨風飄動，一切

28 白色、白色。

都是如此美好。

我推著嬰兒車沿著一條叫做「Salita di Sant'Onofrio」的小徑前進，小徑陡峭，嬰兒車鏗鏗鏘鏘地壓過臺階。這會兒我看到人群——大家全都朝著同一個方向奔跑，擠進聖赦大道（via dei Penitenzieri）的路口。羅馬人通常具有擅自穿越馬路的天賦，這時卻有約莫十二人直接闖紅燈。我絕不誇張，他們逕自走入車陣之中，尖銳的煞車聲四起，他們卻似乎不以為意。他們大多面帶微笑，而且笑容真摯。男士們一身西裝，女士們手牽著手——人人全都往前奔跑。幾部機車飛速飆過我們身旁。

我也推著嬰兒車小跑步。人們走出餐廳和辦公大樓。這倒不像教宗入殮之時——沒有警察、沒有市府提供的服務、沒有直升機。四處亂糟糟，但是人人似乎平靜快樂。

當我們走到聖彼得廣場，廣場上人不多，說不定只是半滿。如果只有我自己一個人，大可輕易溜過方尖碑，走到群眾前方，雙手搭在正門臺階下方的欄杆上。但我反倒推著雙胞胎走到南邊柱廊，把嬰兒車停放在兩根巨大的石柱之間。我望向旁邊一排流動廁所，隱約看見大教堂正中央的陽臺懸掛深紅色的布幕。我翻翻那個權充媽媽包的背包，翻出兩張皺巴巴的衛生紙遞給雙胞胎，暗自希望我們沒有錯過。後面逐漸擠滿人。旗幟飄揚，大家輕聲耳語。一個小小孩被媽媽拖拉著走過我們面前，邊走邊問：「*Che cos' è, Mamma? Che cos' è?*」媽媽，怎麼回事？

每一分鐘廣場上的人群更加擁擠。我回頭一看，眼前數百盞燈光，燈光設置在聖保祿大殿迴廊旁邊的媒體棚架上，早已是一幅熟悉的景觀。西裝革履的男士們面向耀目的燈光，手執麥克風，背對廣場。一排排身穿西裝的男子站在柱廊最前方、教宗宅邸下方，他們的西裝顏色更暗，說不定是警衛。瑞士近衛隊全員到齊，一身色彩鮮豔的制服，立正站在大教堂的臺階前。

我們在那裡站了大約三分鐘，然後布簾稍微晃動。耳語席捲群眾。一名戴著紅色無邊小圓帽的男子往前一步，靠向麥克風，用義大利文說了一句「兄弟姊妹們」，接著說：「*Habemus Papam.*」我們有了一位教宗。

我跟著每個人一起拍手。掌聲漸息，男子又說了別的，說不定依然是拉丁文，群眾歡聲雷動——百分之百有如雷聲——雙胞胎嚎啕大哭。

樞機主教退下，幾位助手現身，在欄杆上鋪上一條跟奧運泳池一樣大的氈毯，牢牢固定，然後轉身入內。布幕再度紋風不動。我一次抱起一個小寶寶，試圖安撫他們。雨勢依然輕緩。聖彼得大教堂後方的雲層迴旋飄蕩，光芒四射。

儀式是個故事。太陽穴砰砰跳動，眼睛眨也不眨，微妙的寂靜形成氛圍，悄悄升起，緩緩延展，全球灼灼的目光稍作停頓，暫且放下永不知足的關注。我周圍的每一個人——一名站在腳踏車踏板上的男子，一名戴著一副大大的珍珠耳環，頗有帝后之姿的中年婦女——神情熱切得令人動容。我們之所以來到此處，原因在於我們想知道誰將是教宗嗎？說不定只是出於虛榮——因為我們想要告訴大家，當時我們置身現場？當然兩者都有可能。教廷主導了敘事，而此時正是故事的高潮。此時此刻，我們置身此地，多半因為我們想知道接下來有何發展，也因為這個精采、複雜的故事已近尾聲。布幕拉起，樂團拉奏著樂曲；我們沉醉於戲劇的震撼，而天主教廷是全世界經驗最豐富的劇作家。

不管結果如何，不管做出多少嘲諷，不管是失望或是狂喜，落幕之前，始終有個希望，也有個保證改變的承諾。喜悅藏在期盼之中。最後一秒出手、懸空在籃框上方的球；倒放在桌上、最後一個等著計票的投票箱；信箱裡的入學申請函，門下斜斜露出一角的電報；聖誕節早晨；朝著電燈舉起驗孕棒；春季。種種期盼，種種可能，喜悅油然而生。

「不知」始終比「已知」刺激。「不知」是希望、藝術、可能性、原創力的起源。這個相隨已久的「不知」，賦予事事煥然一新的風貌。

我輕聲對亨利描述眼中所見：瑞士近衛隊的長槍大戟，厚重的織錦掛毯。一隻鴿子飛落在噴泉的邊緣，喘口氣，歇一歇。數十位一身鮮紅的樞機主教相繼露面，齊聚在大教堂正面兩個相鄰的陽臺上，然後垂掛在陽臺的深紅布幕輕輕晃動，人們高聲歡呼，雙胞胎又開始大哭，兩兄弟衝著如雷的歡呼、未來與未知，發出一聲聲哭喊。周遭是如此嘈雜，我甚至聽不到六十公分之外雙胞胎的哭聲。

「他出現了，」我告訴亨利。

一名男子走到陽臺上。他舉起雙臂。祈福嗎？慶功嗎？在高聳的布幕下，他的身形顯得渺小。他身穿白衣，披著黑色聖帶，似乎沒戴帽子。沒錯，截至目前為止，令人印象最為深刻的是他的頭髮：雪白、柔美、閃亮耀目。

他是自西元前二十三年聖・伯多祿（Simon Peter）從耶穌手中接掌權位以來，第兩百六十六任教宗[29]。一位樞機主教遞出一支麥克風。新任教宗舔舔嘴唇，燈光之下，他的白髮有如火焰般銀亮。他微微轉頭，望向右方，我兩個兒子——他們那部夾放在兩根石柱之間的小嬰兒車——剛好在他的視線之內。

他手臂下垂；如雷的歡呼緩緩平息。他說了一、兩句話，提及若望・保祿二世，群眾再度歡聲如雷，古老的石柱幾乎被震得搖晃，那是千百聲歡呼凝聚而成的轟鳴，但不知怎麼地，感覺似乎不只於此，聲音似乎更加宏大。雙胞胎已經哭得怎麼哄都不聽。

他是誰？我拍拍一個男人的肩膀，他戴著耳機，聆聽一部手提收音機。

「那個德國人。」

「拉辛格？」

29（編注）此處應為第兩百六十五任。

他仔細而慎重地回答：「**拉辛格，**」神情明顯不悅，再度戴上耳機。

「啊，」我說，但是這個名字對我沒有什麼意義。最起碼目前無關緊要。我推著嬰兒車擠過人群，走回街上，在一家餐廳旁邊解開雙胞胎的安全帶，抱在懷裡輕哄，直到他們鎮靜下來。

人們依然匆匆走過我們身旁，急著參加那場盛大的演出，大多看來非常快樂，好像擺脫了一身皮囊的重擔，感覺飄飄然。一位修女牽著一個綁著馬尾辮的小女孩奔跑，三位矮小的神父滿臉笑容，跟在後面小跑步。由此望去，一條街之外的大教堂沐浴在光芒之中，萬丈日光滲穿高聳的圓頂，群眾有如一片五顏六色的田野，綿延漫過柱廊一根根巨大、白皙的石柱。

套句作家愛默生所言，每一篇故事都在探尋「無影無形與不可預知」，諸如信仰、失落、情感。但是弔詭的是，若要達成目的，說故事的人必須借助看得見、摸得到、確切可知的具體事物，因為作者的首要任務在於說服讀者。讀者信服與否有賴於細節——而且必須是適切精準、合時合宜的細節。九噸重的銅鐘，鐘口一圈青綠的銅鏽，銅鐘鏗鏘作響，鐘口隱隱現形，而後擺盪到一側。一卷鍍金的華麗氈毯，從陽臺上攤展而下。兩張三層樓高的布幕輕輕顫動，緩緩拉開。一名男子踏入燈光之中。

宏偉壯觀的建築物，冒著煙霧的煙囪，上了漿的白袍——這些細節都是經過仔細揀選，目的在於強化莊嚴神聖的氛圍，對我們提出擔保，讓我們確信那些據說將會發生的事情，果真一件接著一件發生。

作家不也這麼做嗎？她不也是一針一線、密密串起零星的夢想嗎？她窮追不捨，尋獲最生動的細節，她將之串連，細心排列，架構出一個讀者們看得到、聞得到、聽得到、感覺完全自成一格的世界；她搭設舞臺布景，煞費苦心地隱藏所有支架、電線、釘孔，然後站到幕後，暗自希望不管誰來看戲，說不定將會信以為真。

我提筆，再次修改我的短篇小說，改寫之時，我試圖謹記這些訓誨。札記因應它的作者而生；它幫助它的作者精煉、感受、審理世界。但是故事是一篇已經完稿的作品，它因應它的讀者而生；它應當幫助它的**讀者**精煉、感受、審理故事之中的那個獨特、創新、有如夢想般的世界。作家編造夢想。每一份初稿應當是那個夢想的一個版本，而且必須比上一個版本更精確、更一致、更耐久。

每天早晨我都試圖提醒自己，我必須毫不保留地書寫，我必須鉅細靡遺地詳查，我必須檢視每一個句子，確保我所編造的夢想完好無缺。

獲選五天之後，拉辛格主教（Joseph Aloisius Ratzinger）正式就任為教宗本篤十六世。蕭娜和我在細雨中推著嬰兒車走過特拉斯特維雷區，前任教宗已經下葬，新任教宗披上金衣，在此同時，羅馬看起來像是一座空蕩的戲院，穿著制服的帶位員拿著畚箕走來走去，靜靜清掃。

昏暗的天光中，星期日午後的羅馬看起來可能格外陰沉，商店的百葉窗緊閉，店面畫著塗鴉，一樓的窗戶架上鐵桿。一家我們有時造訪的玩具店附近，供水幹管迸裂，整條街上漂浮著垃圾：塑膠袋，香蕉皮，碎紙片，上百萬塊顏色黯淡的硬紙箱碎片。垃圾堵住排水渠口，懶懶掃過排水溝，堆積在汽車下方的小水坑裡。一部機器操作的掃街車轟轟隆隆駛過我們面前。

古羅馬廣場上，考古學家們蹲在土坑裡，手執小鐵桶、泥鏟、毛刷，一點一點地剝除陶土。不遠之處，修復師傅為另一座教堂固定鷹架。請花點時間想想羅馬有多少殘缺、龜裂之處需要清理維修，也請試圖領會這項工程是多麼龐大：洗禮盆，雕花，山形牆，欄杆，矮牆，方尖碑的古埃及文字，上萬座神情肅穆聖母像的波紋禮袍，上千個笑嘻嘻、胖嘟嘟小天使的臉頰。我們天天都與紛亂奮戰——摘除枯萎的鬱金香，撿拾掉落的小圈餅，把用過的尿片帶到戶外丟棄——但是承受最嚴重衝擊的終究是羅馬。它是一座跟曼哈頓一樣龐大的都會博物館，館中非但沒有屋頂和陳列櫃，反而有著五十萬部排放廢氣的車輛轟轟隆隆行駛在走道之間。

如果平均以一千年估算，每年約有三公分的碎屑堆積在羅馬。哈德良皇帝說不定必須**爬上臺階**，才能進入萬神殿，現在我們卻沿著下坡走向殿堂，還得小心控制嬰兒車的煞車。銀塔廣場上四座坍塌的神殿曾經矗立於座臺之上，聳立於開闊的天光之中，現在卻低於人行道九公尺，你需要一紙許可證和一把活動木梯才可以走下去探訪。到了十五世紀，尼祿極盡奢華、荒淫無度的歡愉之宮「金殿」（Domus Aurea），已成一個個只有蛇蠍蟄居其間的巨穴。據說拉斐爾和平圖里基奧時常拉著繩索走進各個廳室，拿著火炬研習牆上的濕壁畫。

放眼望去，我們四周的街道持續上升，只不過我們無法察覺：口香糖，鳥糞，落葉，皮膚脫屑，冰淇淋湯匙，廢氣的粉塵，樓房的碎屑，昆蟲的斷翼，戀人的嘆息，蚯蚓的皮殼——一樣接著一樣堆積在羅馬之上，無聲無息，永不歇止。古羅馬人砍光亞平寧山脈的樹林，文藝復興時代的羅馬人師法前人，再度砍伐，自此之後，山中的土石被春天的雨水沖刷而下，散布平原，每一分鐘，先人的墳穴都下沉一丁點。你不禁猜想你足下的泥土裡埋藏著哪些濕壁畫、石藝品、燭臺和餐盤。

再過兩千年，從教宗本篤十六世的宅邸望向窗外，說不定只看得見地下三十公尺的風景。

雨水咕嚕咕嚕流過溝渠。亨利和歐文踢踢他們的防雨罩。羅馬數以億計的蚯蚓在我們足下的地底蠕動，留下皮殼，穿梭於浩瀚、古老的石層之間。

五月更是多風：天空被風吹得一片澄淨，宮殿的簷口閃爍著雷電般的光芒。毛腳燕有如轟炸機直衝學院百葉窗的縫隙，吵吵擾擾飛進隱匿的巢穴，吵得小房間裡的研究員大半夜無法成眠。

亨利和歐文只想四處走動，而且走動之時不停摔跤。他們身上青一塊紫一塊，有如暴風雨的雲朵；亨利鼻梁上的瘀青漸漸變黃，歐文右邊太陽穴的瘀青愈來愈黑，腫了起來。歐文站在露臺一側，拔下一片鬱金香花瓣，搖搖晃晃，慢慢繞圈，終於走到亨利面前，遞過那一片絲綢般的鮮黃花瓣。

西亞拉公園裡，孔雀在鐵籠中昂首闊步，柏樹沙沙騷動，三位女子走過我們身旁，每人的右肩都站著一隻金鋼鸚鵡，其中一人一邊撫摸鸚鵡的翅膀，一邊喃喃地說：「*Qui siamo, qui siamo.*」我們到了、我們到了。說了一次又一次。

腦內沒有腫瘤，血管裡沒有凝塊。蕭娜的檢驗結果一切正常。她的醫生幫她清理耳屎，叮囑她隨時補充水分。我們決定請塔希照顧雙胞胎一整天，搭火車前往翁布里亞的山城斯波萊托（Spoleto），以示慶祝。

我們說聲再見，踏出家門。天空有如珠寶般蔚藍。我們手一甩，把垃圾扔進大鐵桶。計程車載著我們呼嘯經過維托里亞諾紀念堂，沿著民族大道前進，BMW和飛雅特汽車疾駛而過，臉孔一閃即逝，有如一張張簌簌飄動的頁紙，機車喀喀嘎嘎駛過碎石路，騎在車上的人們離得好近，儘管機車時速五十公里，我依然可以把手伸出窗外，拍拍他們的大腿。

特米尼中央車站擠滿了旅客，車站半是遊民落腳的休憩處，半是店家林立的大商場，但我們覺得相當寧靜；我們幾乎不敢相信自己多麼無牽無掛：兩件毛衣，兩個小背包，一副太陽眼鏡，一瓶礦泉水。沒有嬰兒濕紙巾，沒有奶瓶，沒有幫助小寶寶按摩牙床的玩具。爸爸媽媽若是偶爾放自己一天假，暫時卸下為人父母的重擔，那種快樂的心情格外特別——你感覺輕飄飄，明知這種忙裡偷閒的快樂持續不了多久，卻也因此更加歡喜。

我們買了車票，找到座位。鐵軌之間的雜草，幾乎有如熱帶叢林般青綠。火車啟動前進，特米尼中央車站上千個電鬧從我們頭頂上緩緩消逝，不到一分鐘，我們已經置身郊區：一個個架著電視天線的屋頂，一家超市的後牆，一個巴士修車廠，一座天橋，一道排水溝，兩座崩塌腐朽的神殿，苔蘚持續滋長，神殿更形迷濛。

火車很快就駛出郊區：冬青、橡樹，一條長長的公路，朵朵白雲鋪蓋著遠處隆起的山脈。電話纜線隨著火車急行，桿柱與桿柱之間劃出一道微微低垂的半弧形，一閃而過。我想著亨利和歐文，兩兄弟對世界是如此好奇——昨天他們沿著西拉亞公園的碎石小徑搖搖擺擺往前走，樹梢繁花怒放，「Daadadaa，」歐文輕哼，亨利花了半分鐘，試著用拇指和食指抓住一塊小碎石。

我們抵達斯波萊托，從火車站爬上山坡，走入舊城，站在一座興建於十四世紀，距離地面七十五公尺的石頭拱橋上吃一條巧克力。雲朵飄過峽谷，把我們困在細細的雨絲之中，然後緩緩飄下山谷，閃爍著萬道金光。田野煙霧裊裊，風中飄來忍冬花的香氣，然後是野玫瑰，最後才是泥土味。一道彩虹橫跨峽谷，輕觸小鎮遠方青綠的橄欖園。

蕭娜微微一笑，拔腿飛奔，臉頰散發出粉嫩的光彩。我們漫步穿過大教堂；我們仰躺在一張長椅上，輪流閱讀一張張報紙。下午，我們隨便選了一條小徑，爬上山坡，走進一家狹長的小餐廳，侍者們身穿燕尾服，燈火調得昏暗，氣氛柔美。

我們享用了如詩歌般美好的一餐。

Campanelle soffiata alla caciotina locale con fonduta di parmigiano e tartufo nero; strengozzi alla Spoletina con pomodori, peperoncino, pecorino e prezzemolo; lombello di maialino in rete di lardo della Valnerina, salsa delicata al pecorino e pere al rosso di Montefalco;

e sformatino caldo al cioccolato con crema all'arancia.

黃褐色的 *campanelle*（一種花紋飾邊的義大利麵疙瘩）佐以當地的羊乳乳酪司，淋上濃郁的帕瑪森起司和黑松露醬汁；斯波萊托特有的 *strengozzi*（一種形若鞋帶的寬麵條，但是這樣形容 *strengozzi*，等於是把勞斯萊斯說成高爾夫球車）佐以番茄、羊奶硬起司、小紅椒、香芹；瓦尼瑞納乳豬肋排，搭配羊奶硬起司、梨汁和 *Montefalco* 紅酒熬煮的醬汁；熱騰騰、軟綿綿的巧克力布丁，淋上一層柔滑的鮮橙奶油。

我們閉上雙眼；我們慢慢舔舔嘴裡的叉子。「怎麼可能這麼好吃？」蕭娜說。

薄暮時分，天空靛青，山城下方的田野蒙上淡淡的藍彩。我們曬得紅通通，開開心心、連滾帶爬地坐上火車。火車每隔一分鐘就呼呼開進隧道，我們的耳朵隨之嗡嗡作響。

我翻開一本書。蕭娜閉目養神。羅馬轟轟朝著我們逼近。有朝一日，我跟蕭娜說，我們將重遊斯波萊托，在懸崖邊的加特鵬旅館（Hotel Gattapone）住一晚，黃昏之時越過那座十四世紀的古橋，踏過泥濘的土地，走過通往峽谷另一側的蜿蜒小徑，在一個能俯瞰修院遺址的野餐桌旁，啜飲紅酒，品嘗羊奶硬起司，直到夜幕低垂，然後就著四盞赤裸裸，相隔三十公尺的電燈泡，循著原路越過石橋，看著兩個兒子在前頭跑跑跳跳。

啊，為人父母的美夢。我們的倒影在火車車窗中閃閃發光。偶爾遠遠出現一個小鎮，暈黃的燈光隱隱蒙上山丘丘頂，劃破一片漆黑。

夏季

天天晴空萬里，天空蔚藍得超乎想像，樹葉片片滾上金邊，花園裡小小的草莓日漸豐潤甜美，遮陽篷啪啦啪啦，傘形松簌簌搖擺，彷彿來自遠洋的嘆息。學院的藝術家和研究員彼此蔑視，個個變得像是夏令營中行動受限的青少年；雙方在公告欄上張貼布告，嚴詞抨擊彼此濫用學院的小貨車；樓上的廚房聞起來像是濺灑出來的牛奶和大蒜，令人玩味。

若是暫且駐足街上，你可以感覺陽光用力敲打你的肩膀。太陽好像每天稍微增加一些分量。蕭娜抱起午睡醒來的雙胞胎，兩兄弟的襯衫汗淋淋，到了下午，歐文的小浴室已經變得像是熱氣騰騰、令人窒息的刑房。

只有清晨依然涼爽，牆上的蜥蜴色澤霓虹，腳趾精細，拖著有如陰影般的長尾巴，悄悄爬過露臺。小小的恙蟲群聚在鬱金香盆栽下，我舉起一個花盆，成群鮮紅的恙蟲轟然逃竄。

我走到我的研究室，忽然感覺這種日子即將畫下句點。再過兩個月，我們將被逐出學院，雕塑家喬治不得不收拾他那些精工打造的石膏盅皿，瓊恩．琵亞賽克基研究室裡那片生動的手繪森林亦將消失無蹤。到了八月底，我所經過的每一間研究室幾乎都將掛上另一個名牌，我這間也不例外。

我們決定利用待在義大利的最後幾個月，每週三造訪翁布里亞。五月，我們往返斯波萊托河谷，一個週三造訪托迪，一個週三造訪奧維多（Orvieto），一個週三造訪阿西西（Assisi）。我們步出火車，踏入有如白日夢的境地，沒有既定時程，無需費心寫作，兩個小孩待在市區打盹，眼前只有蜿蜒的窄巷、遠處的峽谷、忽然冒出來的拱門、彩繪的百葉窗。遠方的天空始終一片蔚藍，日光始終璀璨耀目。窗臺上的花壇天竺葵盛開，幾雙眼睛躲在陰暗的門後偷偷張望。我們爬上小鎮的壁壘，大風吹透我們的襯衫，落葉、風起雲湧般的花粉、偶爾一張畫了臉孔的長方形紙片迴旋飛舞，飄過我們身邊，飛過家家戶戶的屋頂。在餐廳用餐時，我堅信自己在紅酒、香料，尤其是橄欖油之中，嘗到了風的味道。

阿西西到處都是煙囪刺尾雨燕，熱鬧滾滾，生氣勃勃——鳥群盤旋廣場之上，有如暴風雪的雲朵，薄暮之時繞著屋頂迴旋飛舞，有如熱帶海洋的珊瑚魚群。若想躲開造訪此地的觀光客，你只需爬上高處：沿著教堂後方的山坡往上走兩條街，街道寧靜無聲，屋宅依山而立，遠方的河谷融入暮光之中，分不清何為谷地、何為薄暮。

雨天的午後，奧維多的巷弄散發著蓄水池、舊紙張與發霉的氣味，聞起來像是古老的地下室。我們習知奧維多的街道下方有座古城，古城宛如奧維多的翻版，長廊、地穴與酒窖綿延數公里，還有鶴嘴鋤挖鑿的地下室和久遭遺忘的採石場，隧道密布到沒有人清楚究竟多麼廣闊。

造訪托迪之時，我們從側門走進一個小教堂，忽然置身二十位修女之中，修女們靜靜默禱，四下只聽到祈禱書皮面拉鍊輕輕滑動的聲響。

我們參觀阿西西著名的喬托（Giotto）濕壁畫，壁畫以其絕美的藍彩著稱：喬托把青金石磨成粉末，調製出一種價格奇昂的藍彩；這種顏彩只用來繪製最美麗的天空和最神聖的禮袍。

一位十三世紀的雕塑家羅倫佐・馬伊塔尼（Lorenzo Maitani），幾乎把半部聖經刻鑿在奧維多大教堂的大理石板上。夏娃好像果真出自亞當的肋骨。該隱拿著一把大槌，準備重擊亞伯。在馬伊塔尼的刻鑿下，樹木有如珊瑚般招展；牆中冒出盤繞成圈的毒蛇；魔鬼撕裂臉頰。《最後的審判》栩栩如生，神情苦惱、糾結成團的人群好像從石中迸發而出。

每一個小鎮的火山凝灰岩或是焦灼的赭黃，或是褪色的粉紅，或是灰濁的暗藍，各自展現微微不同的色調。黑色的小蠍子漫步踏入鞋中，金龜子爬進澡缸，野豬轟轟衝過車道。兔耳花在林中各處鋪上一條條彩帶。鐵道之間，鮮紅的罌粟花有如潑濺的油彩，列車疾駛而過，根莖細長的花朵隨著彎腰低頭。我們帶著一身古銅的肌膚回到羅馬，感覺神清氣爽，心曠神怡，卻也有點難過，因為我們又見到機車和告示板，又回到了磚牆之內，拋下如此寬廣的視野、如此繁美的色彩、如此遼闊的天空。

五月底將至，我在羅馬已經住了九個月，我走進附近一家小雜貨店，跟那位先前我跟她說我要買葡萄柚醬的店員打個招呼，用義大利文請她給我一條麵包、兩個漢堡包、一個蘋果馬芬、四分之三公斤的白披薩、一罐鮪魚，我說得字字精準，連一個音節都沒搞錯。

然後呢？我買到了我需要的雜貨。天花板並沒有飄下彩帶，也沒有一閃一閃的鎂光燈。更沒有店員隔著櫃檯探身向前，雙手捧住我的臉龐，在我額頭印上一吻。

你表達了你的意思。那又如何？過去收銀檯付帳吧。

才不呢。她反倒用連珠炮般的義大利文問起亨利和歐文，大概是關於他們的頭髮，但是她說得好快，我只聽得懂百分之二十，我原本以為自己的義大利文已經登峰造極，這會兒只好走下王座，怯生生地問道：「對不起，可以請妳講慢一點嗎？」

六月二日是共和國建國日，義大利人投票罷黜君主政體，改採共和制度，至今已五十九年[30]，羅馬人沿著維托里亞諾・艾曼紐二世紀念堂和競技場之間的帝國廣場大道（via dei

Fori Imperiali）列隊觀看遊行，歡度國慶。一部部坦克車、一輛藍寶堅尼警車、一尊架在臺車上的二次大戰魚雷分列通過，接著是配戴長劍、擊鼓前進的義大利憲兵和戴著扁帽的步兵，甚至還有一個揮舞白色彩球的啦啦隊。壓軸好戲是九架噴出白、綠、紅煙霧的反坦克噴射機，轟轟隆隆列隊飛越維托里亞諾．艾曼紐二世紀念堂上空。

那天晚上，我們在對街的煙火聲中醒來。煙火從屋頂施放，火星和白煙隱隱出現在樹下，颼颼一聲，轟然爆炸，隨即衝過樹梢。蕭娜和我站在露臺門邊，眨眨眼睛，揮去睡意。雙胞胎隨時可能醒來，高聲哭喊。街道泛著藍光、白光、紅光。慶祝和平時，我們表現得卻像是模擬戰爭，令人莞爾。

五十九這個數字一再出現。自從二次大戰之後，義大利政府已經五十九度改組。媒體大亨貝魯斯柯尼（Silvio Berlusconi）主導的現任內閣，將是戰後頭一個撐過整個任期的執政黨[31]。但是義大利人懶懶漫步於炎炎暑氣之中，好像他們別的不說，耐性可是一點都不缺。

羅馬詩人貝利有此一說：「太過賣力，我就感覺不對勁。」

我們在我們最喜歡的餐廳享用前菜：小小的烤番茄，薄如紙片的炙烤節瓜，清脆多汁的青豆，炙烤甜椒，每一道都好吃得難以置信。然後我們分食一隻抹上粗鹽與黑胡椒、以火熱岩石炙烤的烤雞。一頓飯吃了約莫兩小時，等著付帳等了一個半小時，我試著好聲好氣地催促，我指指手錶說：「*la babysitter*...」

「*Va bene.*」服務生說。好，沒問題。但我們又等了半小時。時候到了就會出現，服務生似乎試圖幫我們上一課。

一天下午，我們沿著卡利尼街往前走，打算買瓶牛奶，走著走著，我們經過羅馬銀行和那位留著山羊鬍、配戴手槍的警衛，我頭一次注意到玻璃門上印著營業時間：

晨間營業時間：8:30－11:30

午間營業時間：14:15－15:40

星期六休業

銀行每天營業不到四個半小時。客戶們排排坐，手裡緊緊捏著一張紙片，盯著一個大大的號碼燈，燈號閃閃爍爍，好像天主之眼。

這個星期天將是夏季頭一個「環保週日」，這表示早上十點到下午六點，汽油驅動的

30 義大利於一九四六年改制，杜爾撰寫此書時是二〇〇五年。

31（作者注）貝魯斯柯尼的確是二戰之後撐得最久的總理。二〇〇六年五月，在執政五年和接連數週醜聞纏身之後，他終於在國會選舉中承認落敗。「他們會想念我，」據說他遞交辭呈之前，跟他的部長們這麼說。

車輛不准進入特拉斯特維雷區，或是舊市區。說來諷刺，三公里之外的義大利廣場（Foro Italico）正好將在同一個週日舉辦第五十屆羅馬汽車大展，展場將有一萬部汽車和成群時裝模特兒，整個週末引擎都將隆隆作響。

我完成那篇水漫村莊的短篇小說。全文九千字，花了將近六個月。這是自從雙胞胎出生後，我完成的第一篇小說。我把原稿放進寄往紐約的信封，喝了半瓶義大利紅酒，閱讀老普林尼描述恆河的藍色巨蟲，讀著讀著睡著了。「它們非常強壯，」老普林尼寫道，「甚至可以咬著象鼻，抓走到河邊飲水的大象。」

凌晨三點，我醒來，滿身大汗。歐文在嬰兒床裡嚎啕大哭，他的房間熱氣騰騰。我跟他一起躺在沙發上，睡睡醒醒，惡夢連連，他小小的身軀壓著我的胸膛，感覺沉甸甸。晨光橫掃黑海，降臨保加利亞，毫不留情地朝著我們進襲。再過不久，南斯拉夫的居民將展開他們的一天；接下來是克羅埃西亞人、翁布里亞人，然後輪到我們。

時值六月中旬，到了現在，連清晨都暑氣逼人。厚厚的雲朵圍困在熱氣中。夜晚時分，我試圖讓窗戶開著，但是機車吵得我睡不著，蚊子也襲向蕭娜。試圖關窗，空氣卻不流通，我甚至覺得我們像是把自己封鎖在塑膠袋裡。

隔天晚上，歐文兩點、三點、四點、五點、六點哭著醒來。我餵他喝牛奶。我抱著他搖來搖去。我覺得自己似乎重回熟悉的失眠之境——昏沉恍惚，思緒遲緩，無法彙整出清晰的字句。

「他在長智齒，」蕭娜說。「可憐的小傢伙。」我抱著他走到露臺上，他吸吮一塊硬梆梆的白披薩麵皮，我試圖想像自己的牙齦裡竄出一塊塊巨大渾圓的白骨。

午後，我們漫無目標地遊走於市區中，豔陽高照，天空似乎不停抽動，嬰兒車的輪胎軟趴趴地壓過地面，車軸拐來拐去，好像金屬支架正在融化，整部嬰兒車說不定即將解體。我隨身攜帶筆記簿，但是幾乎沒辦法翻開；天氣熱到我的腦袋一片淨空，裡面塞進一團團熱騰騰、溼答答的棉花。我的肌膚疲軟；我的手腳沉重。我成天做白日夢，但是腦中空空如也——我僅僅盯著世界，但一切視而不見。

「我們無法逃避，」有天晚上，我聽到蕭娜在講電話。「還沒辦法解脫。」尿布疹悄悄蔓延到雙胞胎的胸部和背部。儘管如此，他們對周遭是如此好奇、如此盛情，著實令人驚嘆。一捲膠帶、一個電話插座、彼此的頭髮，事事物物全都值得探究。誰說成年人比孩童容易凝聚注意力？我們始終忙著過濾周遭一切，成天忙東忙西，根本沒有注意。我們的小孩才是日日發現新大陸。有時我看著亨利和歐文，深覺他們好像永遠活在那種全神貫注、屏氣凝神的時刻，而我們成年人只有車子在冰上打滑闖了紅燈，或是乘坐的飛機猛然下降，駛過亂流，才有辦法達到那種境界。

我自己的注意力不停受到清水吸引。臺伯河當然是其中之一，但是臺伯河太黃褐、太緩慢，河水悄悄流過，河面甚至不見漣漪；在這種悶熱的天氣中，它幾乎根本不像河流。我注意的其實是噴泉：飲水用的噴泉、巷弄間的噴泉、壯觀華美的噴泉。根據一個旅遊網站，羅馬約有兩百八十座噴泉，但是感覺似乎更多：博爾戈區（Borgo）的皇冠噴泉（Fontanella della Tiare）雕著禮冠和鑰匙；法尼樹廣場的噴泉宛若雙子澡缸；聖伯納多廣場（Piazza San Bernardo）的摩西噴泉，清水由石獅口中噴湧而出。給水栓日夜噴出清水，流入聖潘克拉奇歐城門基座的一座石缸；我們的巴士站附近另有一座；雅尼庫倫丘頂那座巨大的加里波底雕像附近還有一座。

烈日當空，我頂著惡毒的大太陽走過猶太區的烏龜噴泉，看著一名男子坐在噴泉的護欄上削蘋果，他拿著小刀，好像刨槽機刨鋸桌腳似地削切果皮，青綠的果皮一圈圈地垂落，宛若一條迴旋飄蕩的長絲帶。削好之後，他把盤繞成圈的果皮擱在他旁邊的階梯上，手往後一伸，在水中清洗刀刃。

我最心儀的不是那些宏偉壯觀、噴濺出弧形水柱的大噴泉，比方說聖彼得大教堂前方那兩座造型一致、氣勢雄偉的雙子噴泉，或是威風凜凜、轟轟隆隆的帕歐拉大噴泉。在我眼中，最漂亮的噴泉水聲潺潺，滴滴答答，泌泌流出盆緣，沉靜中帶點哀傷。精靈女神和半人馬怪獸潮溼的脊背，西亞拉公園一臉驚嚇的石獸，威尼斯廣場冒著水泡的小松果，若無這些靜謐的噴泉，一切歸於靜止，水流難以循環，生活之中也少了一個讓你可以冥思夢想之處。換言之，羅馬亦不復存。

我帶著筆記簿坐下，看著人群有如潮水般來來去去，午後時光暫且停格，濛濛的陰影捲走日光，橫越小徑，攔截種種聲響，廣場中的噴泉湧出清水，不曾停歇。這些中世紀的屋宅裝設現代化的供水設施以前，你若想要清洗衣衫蔬果，或是幫小孩洗澡，就得走到門前的水池。請想想你會多常碰到朋友、仇家、那位你心儀的鄰家女孩。請想想那些如水流般永不歇止的閒話、那些如水氣般揮之不去的謠言。這些噴泉是原始的辦公室茶水間。

古羅馬人建造了浴場，浴場大得荒謬，面積幾乎如同翁布里亞的山間小鎮。光是卡拉卡拉浴場（Baths of Caracalla）就廣達十一公頃。戴克里先浴場更是廣闊，幾乎是占地八公頃、華府白宮特區的兩倍。你工作到中午，帶著你的橄欖油和擦澡用品，慢慢晃到浴場：先泡溫水池，再泡熱水池，最後冲個冷水澡。

帝國崩亡之前，羅馬的溝渠每天運送一百七十四萬七千立方米的水到城中，羅馬的人口將近一百萬，這表示每位居民的用水量達四百六十一．五加侖。而且是每一天。

一個氣溫高達華氏九十度的下午，蕭娜和我順道造訪納沃納廣場北端的噴泉，不是貝尼尼那座雄偉的四河噴泉，而是海神噴泉（Fountain of Neptune），海神全身赤裸，手執叉戟，刺向一隻觸鬚纏繞住他大腿的蛇獸。水池裡的水已被放乾，兩位穿著連身工作服的工人拿著尼龍長柄推帚擦刷大理石，粗重的水管軟趴趴地躺在碎石地上。「*Buongiorno*，」我們說，但是他們幾乎毫無反應。周遭景物看來憔悴：海神脊背的肌肉污漬點點，女神沾上鴿糞，納沃納廣場這一端似乎也黯淡失色。沒有光暈，沒有光點；沒有孩童，沒有笑聲。咖啡館的遮陽棚難得飄動；古老的往事似乎從石縫中緩緩滲出，空氣因而凝滯，萬物因而窒息。

但是過不了多久，馬達逐漸轉動，噴泉重新注滿清水，純淨的清水洗淨往事，過往消聲匿跡，周遭重現生機，羅馬又活了過來。

在這種酷熱之中，整個城市到了傍晚已成紛亂的渦流：潮溼凝滯的空氣，臺伯河濃重的泥藻味，巷弄中飄散著汽車廢氣，遠處隱隱傳來餐盤碰撞的聲響——羅馬夏日的薄暮時分，你可以盯著一座噴泉，什麼都看不到，什麼都聽不到，什麼都感受不到，眼中只見懸置在泉柱最高點的清水，清水傾落之前，有那麼千分之一秒，水波之間盈滿璀璨的日光。那是值得追求的瞬息。

無論你置身何處——鮮花廣場的蓋碗噴泉（Fontana della Terrina），或是西班牙廣場那座古老宏偉，出自貝尼尼之手的破船噴泉——清水川流不息地流過這個古老的城市，滴答流過它的血脈，輕輕敲打它的心房。即使是觀光客雲集的特萊維噴泉（Trevi Fountain），周遭吵雜喧嘩，擠滿叫賣紀念品的小販，地上成千上百團烏黑的口香糖，碎石地之間布滿踩得稀爛、五顏六色的塑膠湯匙，但是不知怎麼地，紛擾喧鬧的特萊維噴泉依然不可或缺。它滔滔奔流，永遠滔滔奔流。

我們倚在欄杆上探過身子；我們把銅板用力丟向眾神。

我跑了三家百貨公司才找到一個充氣泳池，我帶回家，在露臺上幫它充氣。我們在池裡倒了幾盆溫水，把雙胞胎抱進池裡，歐文高興得尖叫，一邊打水，一邊來回滾動小球。亨利神情緊張，小小的身軀動也不動。他沒哭，但也沒動。最後他終於拿起一塊樂高積木，不理會一邊打水、一邊尖叫的歐文，也不驚動周遭的一切，慢慢地、仔細地舀水倒進另一塊樂高積木。

蕭娜最近無時無刻不拉下家中的百葉窗。鋁製的百葉窗顏色漆黑，到了中午，朝南的百葉窗已經被太陽曬得再也碰不得。羅馬被熱氣逼得昏昏沉沉；商店一片死寂，街上安靜得讓人害怕。從下午一點到下午四點，街上無人走動。百葉窗拉下，店門緊閉，簡直就像凌晨三點。我在床上躺了一會兒，試圖跟羅馬人一樣睡個午覺，卻毫無睡意。我全身大汗；微不足道的憂慮在腦中東拉西扯，我胡思亂想，我擬定待辦清單。我起床，在幽暗的暮光中行走於公寓之間，閱讀小說，撰寫札記，一道道日光在百葉窗的葉片間閃爍著耀眼的光芒。

誰有辦法在這種狀況下寫書？老普林尼怎麼辦得到？據我所知，夏季把羅馬人逼到邊陲之境，比方說晨間與晚間，或是郊區和夏屋。盛夏的午後，教堂是市中心唯一的避暑之處，教堂陰暗涼爽，石板地上布滿光點，油畫一片漆黑，祭壇上方垂掛著塵埃密布的水晶吊燈，相形之下，祭壇更形矮小，一團團觀光客沿著一排排陰暗的廊柱緩緩前進。我想要待在這些教堂裡，一待就是幾小時；我想要脫下襯衫，躺在大理石上，胸膛貼著石頭，任憑永恆的陰暗緩緩將我籠罩。

但我反而從學院的花園偷摘幾片薄荷，一一碾碎，加進冰涼的蘭姆酒中，放點蜜糖，和朋友們坐在我們的露臺上小酌，還拿小孩的充氣泳池泡腳。

六月中旬，我們在翁布里亞度過另一個週三，從山間小城納爾尼（Narni）返回羅馬。雨水沿著火車車窗一絲絲流下，報紙頭版的標題寫道：血濺翁布里亞公路：兩人死亡。但說不定我的理解有所誤差，因為昨天兩位卡車司機在圖林（Turin）附近的高山隧道被活活燒死，而圖林遠在六百三十公里之外。說不定義大利各地都發生司機成對死亡的意外。

蚊子在走道間飛來飛去。田野中的棚屋一閃而過，一位臉色陰沉的男子隔著瓦楞鐵皮製成的桌子瞪視。眼前出現臺伯河，河水青綠遲緩，塑膠袋散置河岸兩側，不一會兒就從眼前消逝。蕭娜在我身旁墜入夢鄉，雙手交握。幾公里之外，我們的雙胞胎追著塔希在公寓裡跑來跑去，等著我們回家。火車放慢車速，框啷框啷駛入臺伯提納火車站，下一站就是特米尼中央車站。

一座天橋滑過車頂，天橋底側漆了一層銀閃閃的塗鴉。一個脫節的火車車廂畫滿塗鴉，連車窗都不例外。一家超市的後牆被塗上*TYSON*，還有*Chiamate subito Rambo*，意思是「馬上打電話給Rambo」。我辨識出*Onion!*和*Piantatela*（停手）。每碰到一個看得懂的塗鴉，隨之而來的卻是上百個龍飛鳳舞、風格誇張、戲劇性十足、不知其意的草書。

我想到家鄉：六月中旬的愛達荷，山間的大草原繁花怒放，山艾青綠繁茂，溪流水聲淙淙。即使博伊西位居山谷，暑氣依然尚未湧入，長夜漫漫，涼爽清朗。

但在這種熱氣中，羅馬的一切感覺黏答答、髒兮兮，好像已經造訪了太多次，一切都被看透。紀念碑，窗戶，垃圾桶，天棚，岩石；腳踝，脊背，肩膀；事事物物似乎都被寫上幾筆。你從火車裡看得最明顯：火車緩緩駛向市區，你揮別峽谷與果園，進入公寓和修車廠林立的都市叢林，一座座天橋、一道道高壓纜線從頭頂上飛過，視野愈來愈狹窄。更多人。一團團步行在街道上的觀光客。更多塗鴉，*Stop Bush*、*Febo*、*TASMO*。*Magik*、*Els*、*DMG don't touch*。

根據日前的一篇報導，羅馬市政府每年耗資兩百五十萬歐元，洗刷市區磚牆上三十九公頃的塗鴉。私人住戶和商家的花費肯定不止於此。我曾在十幾個不同的早晨，看見一臉悲情的男子帶著鋼刷、清水、某種可怕的溶劑，走向餐廳的磚牆。市中心的每一面牆壁幾乎都比其他區域的牆壁蒼白，約莫已被洗刷、漂白、重漆了十幾次。然後照樣又被漆上*Panda7*、*Dumbo*、*Satan!*地下鐵的車廂布滿塗鴉，有時看起來甚至像是色彩繽紛的拼圖：綠、紅、藍三色交錯，一道道迷陣般的塗鴉怒氣騰騰。

*Kung*顯然是特拉斯特維雷區的大忙人。*Uncle Festah*也沒閒著。民族大街一整排拖吊標誌，有人示威似地貼上約莫十張衝浪貼紙，而且用英文漆上*Fuck Cops*、*Rex*、*Real Rock*。有人沿著卡弗爾街塗鴉，牆上出現約莫一百朵大麻葉。

*No Blood for Oil*相當流行。*No War*、*USA GO AWAY*、*Nè USA!*（美國滾蛋）、*Nè Islam!*（伊斯蘭滾蛋）也很吃香。蘿拉的小孩們從學校回家，問說*Yankee Go Home*是不是還有其他意思。

鐵鎚、鐮刀、納粹的十字章、五芒星、無政府主義的號誌。一個政府機構的牆外，有人在門鈴上方噴漆標注*Assassini*，旁邊的百葉窗也被人漆上*Tetti per tutti*（人人都可以有個屋頂）。

即使看似無傷大雅的口號，通常也帶點政治色彩，比方說*Me ne frego*（我一點都不在乎）是墨索里尼「黑衫軍」的座右銘。*Carlo vive*（卡羅永垂不朽）指的是卡羅・喬利亞尼（Carlo Giuliani），也就是二〇〇一年熱那亞G-8高峰會議，遭到警方擊斃的二十三歲示威青年。

最經典的通常是那些洋涇濱的英文：*Punk Rains*、*Einstein Rules Relatively OK?* 或是 *Always let you guides by love*。

我最喜歡的是特萊維噴泉旁邊的這一句：*Viva Nixon*。

羅馬人老早以前就這麼做。港都古城奧斯提亞的一處塗鴉具有兩千多年的歷史。熔岩保存了龐貝古城的數處塗鴉。帕拉丁諾博物館（Palatine Museum）收藏了一張西元一世紀的圖畫，畫中釘在十字架上的耶穌被畫上一個驢頭。西元二世紀，朝聖者在聖彼得大教堂祭壇下方，據信是聖彼得的墳地上留下標記。

我在圖拉真凱旋柱內看到中世紀的塗鴉。我們的朋友珍娜告訴我，一五二八年，有個進犯義大利的德國人在法爾內西納莊園（Villa Farnesina）一幅濕壁畫的上方，草草刮出以下字句：我怎能不開懷大笑？德軍已逼得教宗逃竄。唱詩班歌手們在西斯汀教堂的廂席簽下名字，拿破崙的士兵們在瑪達瑪莊園（Villa Madama）的牆上信手塗鴉。傳奇建築師暨版畫藝術家皮拉內西（Giovanni Battista Piranesi），用紅蠟筆在哈德良皇帝的洞室裡草草寫下*Piranesi 1741*。

我有什麼資格置評？我也曾在各處留名。我們都藉由不同方式標注地盤。噴漆的氣味，滾珠在高罐中喀噠喀噠，發出令人心滿意足的聲響：在一個私人空間不斷與公共空間產生摩擦的城市裡，說不定塗鴉有助於界定人與人之間的分際。

即使一處處望似荒野的翁布里亞也不免受到修飾，而且潤色之處比比皆是：農舍燒焚的草堆一縷縷迴旋飄渺的白煙，採石場一處處陡峭耀眼的石壁；一片松林緩緩掠過火車車窗，過了一會兒，我才意識到那是一排排人工栽種的樹木。

原生，外來：即使是象徵羅馬、許多人稱為義大利松的傘松，說不定都不是原生植物——有些人認為伊特魯里亞人從中東引進傘松。但是一株樹木若已在此生生滅滅了三千多年，植物學家應當依然稱它為外來植物嗎？

思鄉之時，我們想念的倒不是原音播放的電影、保鮮塑膠袋，或是火雞三明治，而是家鄉的地景——一座座淺褐的山丘，愛達荷綿延無盡的天空。博伊西的街道底下沒有埋藏著綿延繁複的古城，雜草間也沒有潛伏著昔日的帝國，只有寧靜的屋宅和熟悉的臉孔。

我們的火車慢慢駛過有如迷陣、匯集通往特米尼中央車站的鐵軌。雨水嘶嘶打上屋頂。最後四百公尺的塗鴉悄悄閃過，*Rex*、*SLIM*、*UP! UP!* 蕭娜和我把背包甩到肩上，朝著走道的另一端前進，手牽著手爬上階梯，回到羅馬。

❧

夏至之夜，人們沿著臺伯河岸走來走去，點燃兩千七百五十八支擺在小碟裡的蠟燭，以示羅馬建城歷時兩千七百五十八年。我若瞇起眼睛，站在特拉斯特維雷區的加里波底石橋遠眺，我可以隱隱看到兩排閃爍的燭光，燭光的倒影粼粼地留駐水面，好像那些長曝照片中、握著火炬衝下漆黑斜坡的滑雪者。

我摸黑在城市裡漫步，想睡卻睡不著，繞著羅馬七丘的第一丘帕拉丁諾（Palatine Hill）走來走去。傾頹的宮殿映著漆黑的夜空，氣氛詭譎。一座鐘樓矗立在旁。夏季第一群知了藏匿在野草叢生的土堆裡吊嗓子。再過幾個月，知了將聲若洪鐘，引吭高歌。

夜深人靜，走上山丘，由此望去，羅馬似乎徐徐吐了一口氣，拖得好長、好慢：露臺傳來悄悄的話語聲，引擎發出輕輕的排氣聲，樹梢飄來微微的風聲。嘆息，撲閃，飄飄渺渺、不著邊際的恬靜。或許夜鶯在屋頂輕鳴——只是或許，因為我已經一整年沒聽過夜鶯啼叫。時光吞噬一切——羅繆勒斯[32]、老普林尼、濟慈、若望．保祿二世——但是今晚他們似乎隱

32 Romulus，古羅馬建國者。

隱逗留在夜空之中，一個聲響，一個黑影，匯積了千百年的靈魂。

羅馬徐徐吐氣，飄入鄉間，氣息緩緩飄散，靜謐的鄉間試圖吸納。雅尼庫倫山丘上，我那兩個一歲大的孩兒在他們的小床上緩緩吸氣，緩緩吐氣，一吸，一吐。

我走到維娜費里斯小巷，古羅馬廣場矗立在身後，漆黑而靜默，從上了鎖的鐵門望去，古競技場的一隅籠罩在蛛網般的聚光燈下，彷彿凝滯在刺目的強光之中，既是壯麗，卻也淒涼。常春藤有如一條下垂的飾帶，輕輕搖擺，左右晃動。此時已是子夜，稀稀疏疏、面帶倦容的觀光客依然繞著圈子走來走去。

失眠：我撐槳划向睡眠，睡眠往後退卻，遠至地平線之外。那種感覺好像有人從我的脖子裡拉出數千條微小的鐵絲。一個個義大利繞口令曲曲繞繞地鑽過我的耳中：「*Pelè partì parà per il Perù, però perì per il purè.*」培拉前往祕魯當個傘兵，結果卻摔得稀爛，一命嗚呼。「*Pio Pietro Paolo Pula, pittore Palermitano, pinse pittura per poco prezzo.*」皮歐、皮亞垂、帕歐羅、普拉，四個來自帕勒米塔諾的畫工，為了微薄的薪餉畫了一幅畫。

星期六早晨，我帶著雙胞胎走到蔬果攤，腦中昏昏沉沉：*pesca*是一顆桃子，*pesce*是一條鮮魚。兩顆以上的桃子則是*pesche*。*pizza*是披薩，但*pezzo*是一片、*pozzo*是一個水井、

*pezze*是一塊塊補綴，*pazzo*是一個神經病。*puzza*是一股惡臭；蕭娜幫亨利換尿片時，口中經常輕哼*puzza*，*puzza*。

當你熱得頭昏腦脹、累得筋疲力竭、身邊圍繞著義大利人，詩歌般的義大利文很快就變成不知所云的囈語。*buongiorno*聽起來像是*wan journey*；價錢聽起來像是童謠。一百八十八是*centottantotto*。五百五十五是*cinque cento cinquanta cinque*。一位羅馬的雜誌作家在附近的小酒館訪問我，我試著用義大利文回答幾個問題，但是很快就結結巴巴，講了兩句就深陷語言的迷陣。一則虛構的故事，義大利文叫做*racconto*，跟英文的「account」來自同一個字源。但是「account」若解釋為「帳戶」，或是「紀錄」，翻譯成義大利文則是*narrazione*。*storia*是歷史，一部小說是*romanzo*，一部歷史小說是*romanzo storico*。羅曼史小說則是*romanzo*或*racconto*。

我最近一本小說的荷蘭文、法文和德文譯本，書名下方都印上*roman*，表示這是一部小說。但在義大利文中，*romano*的意思顯然是來自羅馬之人。我以為義大利文的*novella*最起碼跟英文的「novella」意思相仿[33]，但是義大利文的*novella*可能泛指小說，或是短篇小說。更令人困惑的是，*novella*亦有「新穎」或是「新聞」之意。唉，怎能教人不嘆息？

---

33 英文的「novella」是中篇小說。

我試圖告訴訪問者我剛完成一篇短篇小說，也正重拾一部進行到一半的歷史小說，結果他居然跟我解釋 *resoconto* 和 *racconto* 有何差異。

培拉，我跟他說，前往祕魯當個傘兵，結果卻摔得稀爛，一命嗚呼。

若將義大利文視為一個城市，城市底下還有義大利——達爾馬提亞文、托斯卡尼文、拉丁文、希臘文各個城區，城區之下則是墓穴，埋藏著早已失佚的翁布里亞文、奧斯坎文、塞賓文；陰暗無光的隧道通往洞窟，鬼影重重，白骨森森，洞窟通往更深、更暗的隧道，僅憑口述、始終沒有文字可供記事的部落語言，句句迴盪在黑暗中。楔形文字沉睡於隧道之中，象形文字休眠於地下水層，薄如剃刀刀刃的通道穿梭於語言所構築的城區，由庫爾幹文、希臘文、拉丁文，一路升至義大利文——世界的歷史不著痕跡地被壓縮在我們對彼此訴說的字句當中，可能是任何一種語言——*mother*、*madre*、*mater*、*mētēr*——也可能是亨利和歐文噘起小嘴、牙牙學語的聲響。

七月一日，我們在雷聲中醒來。羅馬上空雷聲隆隆，三番兩次轟轟作響。玻璃窗在窗框中震動。我們坐在露臺門口，看著閃電劃穿陰暗。約莫一分鐘之後，維托里亞諾．艾曼紐二世紀念堂一側的燈光熄滅，再過一秒鐘，其他地區陷入黑暗。我們家也停電，時鐘一閃一閃地中止，電扇一轉一轉地停頓。對街的大樹陷入陰影中，好像有人在羅馬上空攤開一張厚重的地毯。

遠處劈劈啪啪，好像靜電的聲響。劈啪聲稍止，然後傳來颼颼聲，好像引擎快要熄火，街道上方由漆黑轉為花白。

雨勢滂沱，我們甚至只看得到露臺的欄杆，除此之外一片模糊。雨水劈劈啪啪彈打玻璃窗，急急流下。疾風之下，雨水很快就流過窗臺，蕭娜衝到浴室抓了幾條毛巾。雙胞胎醒了，兩兄弟把頭埋進我們肩膀，但是沒哭。「沒關係，只是下雨，」蕭娜跟他們說。「只是下雨。」其後幾分鐘，我們抱著他們站在廚房裡。公寓轟隆作響。冰雹敲打露臺。

大雨來得急，去得快。樹梢滴滴答答，街道水氣騰騰。冰雹堆疊在排水溝裡，凹凸不平，狀似車轍，閃爍著白燦燦的光芒。維托里亞諾・艾曼紐二世紀念堂再度現形，光采奪目。我們把雙胞胎抱回他們的床上。電扇慢慢恢復轉動。蕭娜把濕毛巾掛在浴簾桿上。一部機車緩緩駛過街道。層層雲朵的縫隙之間，星光灼灼。

暴風雨之後幾天，我們推著亨利和歐文走到萬神殿，把他們從嬰兒車裡抱出來，頭一次讓他們在這個巨大、擁擠的觀光勝地走走。他們嘎嘎搖晃某個鷹架，漫步於一隻隻有如林木的長腿之間。歐文蹲在乳白、赭紅、灰白三色相接的大理石地上，小手用力拍打地磚，興高采烈地在圓形與四方的圖案之間玩起踏踼遊戲。他重重踏步，抬頭看看我們，咧嘴一笑，足蹬小小的涼鞋跳上跳下。

我們追著他們跑。我慢慢體認到，人們對子女的愛是一種毫無止境的深情、一種不斷加乘累積的情感。你無法將之量化，而且絕對取之不盡，用之不竭：不管你有多少子女，不管你的子女們做了什麼，你對他們的愛怎麼可能耗竭？

如果真有天主，祂對於人們的摯愛，肯定像是我們對子女的深情。萬神殿似乎傳達出這種感覺：殿堂與天空交會，神殿屢經浩劫，屢經修復，新舊交融，周遭靜謐漆黑，唯有穹頂的一圈天光緩緩游移，不知怎麼地，再再傳達天主無私的摯愛。

一隻鷗鳥緩緩飛過穹頂的圓眼，翱翔於城市上空，雪白的鷗鳥映著滾滾的雲朵，微小得幾乎難以辨識。我眨眨眼；周遭暑氣逼人，塵土飛揚，在熱氣與塵埃之中，我看見兩千年來的信徒——兒子們，女兒們，母親們，父親們——人人抬頭仰望。

羅馬七月的正午，太陽好像一個耀眼刺目、釘在藍天上的小圖釘，雖然狀似微小，依然把碎石子地上的我們曬得像是熱鍋上的螞蟻。市區變成一連串熱過頭的迴廊。女孩們脫下絲襪，把小腿泡在噴泉裡；修士和修女穿著他們厚重的修道服走來走去，好像來自另一個世紀的難民。

今天又是假日——我甚至已經沒有精力搞清楚究竟是什麼假日。一件件內衣紋風不動地掛在曬衣繩上；店家歇業。加里波底廣場上，男人們坐在並排停放的汽車裡讀報。嬰兒車裡，雙胞胎滿身大汗，咕嚕咕嚕吸著奶瓶，頭髮黏貼著前額。

再過幾星期，到了八月中旬，羅馬市民幾乎都將出城，把他們的城市交給觀光客。商店都將歇業，廣場都將曬得發燙。我們也將離去。

回到我們的公寓之後，我從床下拖出空空的帆布袋，對著窗外撢撢。歐文和亨利咯咯傻笑，爬進其中一個帆布袋裡。一團團灰塵飄過我們的臥房。

「再過不久我們就要回家了，」蕭娜告訴他們，歐文竟然抓住話尾，反覆吟誦「home-homehome」，直到我們聽不出他說的是「home」還是「more」。

「mo、mo、mo，」歐文咿咿呀呀。「mo、mo、mo、mo，」亨利咿咿呀呀。

在湯姆．安德魯斯研究室，我取下一張張B-17轟炸機和城市遭到炮轟的照片。我折起小說的草稿，裝進牛皮紙文件夾。我將在愛達荷完成這部小說，我告訴自己，即使這話或許是自欺欺人。

早上其他時間，我都用來閱讀《博物誌》的最後一卷。「整個世界之中，」老普林尼寫道，「無論蒼穹朝何處開啟，義大利擁有大自然的驕寵，永遠是世間最美麗的國度。她的男女子民，她的將領與士兵，她的奴隸，她在藝術界獨領風騷，她的子民人才濟濟，她的地理位置獨特，她的氣候溫和穩定，方便其他民族到訪，她的海岸港口眾多，海風徐徐向她吹來，綜觀而論，義大利支配天下，是世界的第二個母親。」

戶外的花園中，暑氣漫過小徑和磚牆。傘松龐大的樹冠聳立在細瘦的樹幹之上，紋風不動，令人眼花撩亂。我心想，老普林尼錯了。每個地方都具有獨特的美感。在密西根州的底特律，我曾因暴風雪受困州際公路，冰雪堆積在雨刷上，我前方的車尾燈一寸寸地前進，風勢一度忽然暫歇，在那短短的一秒鐘，雪花似乎停留在半空中，成千上萬個晶瑩的顆粒懸置在擋風玻璃外，有如一片晶鑽平原。然後雪花不但沒有落下，反而**往上飄浮**，好像一場以慢動作倒帶出的冰風暴。在肯亞的奈洛比，我曾在一個擁擠不堪、四周飄散著黏土、狐臭和污水溝的市集上，看著一名女子在攤位上展示一幅錦旗，大風一吹，錦旗從她手中滑落，噗噗啪啪地攤開，日光一照，絲綢盈滿光影，似乎泛出水光，而後飄過屋頂，消失無蹤。

世界不是一場選美：美與愛一樣不可量化。你無法為地景排名。

《博物誌》、傘松、波洛米尼的聖依華堂、椋鳥之美、身為人父的困惑——我之所以對這些感興趣，全都出自於一個疑問：如果地球上的生物只為了延續後代，如果大自然只顧及生殖繁衍，如果我們生存的目的只為了把子女們撫養到生育年齡，然後就應當凋零逝去，那麼世界何必美得如此細緻、如此令人驚艷、如此令人屏息？難道一切只是突變嗎？地理和天氣？化學反應、電流衝擊、羽翼與求偶聲？

老普林尼已無法解答。我將《博物誌》歸還樓下的圖書館。我清理湯姆．安德魯斯研究室，帶著私人物品穿過庭園，走下正門的臺階，繞過碎石地的環狀噴泉。一隻黑鳥停駐在噴泉池緣，離我不到三公尺，它一跳一跳往前移動，低下頭喝水，閉上一隻鑲了黃邊的眼睛，而後消失無蹤。

馬可和他太太盧拉過來家中。她剛生了一對雙胞胎；兩個小孩三個月大，跟他們的外婆在特拉斯特維雷區逛逛。馬可夫婦看起來都精疲力盡，兩人臉頰蒼白，眼圈發黑。他們手牽著手，面帶微笑。蕭娜和我好像攬鏡自顧，在鏡中看到了昔日的我們。

馬可對我們的露臺大表驚嘆：「*Lula, la terrazza.*」他大喊[34]，盧拉和蕭娜隨即走出來加

34「盧拉，露臺！」

入我們。亨利和歐文繞著他們的小游泳池裡跑了一圈又一圈。我們站在炎熱的戶外，啜飲芬達汽水，英文夾雜義大利文，結結巴巴地閒聊午睡時間、尿片品牌、哺育母奶等等，我們是來自不同軍團，投入相同戰場的士兵。

「如果辦得到，你最好讓他們同時午睡。*Insieme*？兩個人一起？不然妳沒有自己的時間。」

盧拉點點頭。

「不容易啊，」蕭娜說，她和盧拉會心互望。一年之前，我們完全不曉得怎麼養育小寶寶，忽然之間，我們居然成了育兒老手，想來有點奇怪。

馬可和盧拉離開前，我們把一疊疊嬰兒衣物、嬰兒床床單、一張氈毯、一桶特大樂高玩具等用過的舊物堆到他們的車上，他們相當感激，但是不像有些美國人一樣嘮嘮叨叨地再三道謝；他們似乎將一切視為理所當然——不然我們怎麼處理這些東西？

幾小時之後，我們跟蘿拉一家說再見——接下來的一個月，他們將搭火車從羅馬一路暢遊到拉普蘭[35]。「*A presto.*」我跟蘿拉說[36]，即使他們打算從芬蘭直接返回麻州，我也不太確定我們何時會再相見。

離開義大利五天之前，我們帶著雙胞胎到翁布里亞的山城斯佩羅（Spello）住一晚。我們帶著兩個小寶寶、兩部嬰兒車、兩只帆布袋、兩個嬰兒揹架、兩公升牛奶，連同我們兩個大人一起擠上火車，天氣溼熱，裝牛奶的硬紙盒變得溼淋淋，倒牛奶之前，我甚至感覺我的大拇指會把紙盒壓出一個洞。

火車尚未駛離特米尼中央車站，亨利和歐文已經玩膩了安全帶扣鈕、電動窗簾、一按就開的菸灰缸銅蓋。他們在我們懷裡不安地扭動，小小的涼鞋猛踢我們的鼠蹊。我們奉上的每一個玩具或是書本，全都立刻被丟到地上。十分鐘之後，火車開抵臺伯提納車站，兩兄弟已經在走道間跑跑跳跳，小頭撞上兩側的扶手。

「你坐在飛機上，」蕭娜跟我說，「有些人一手拿著袋子，一手抱著嚎啕大哭的嬰兒，一臉憔悴地沿著走道往前走，你心裡想著：『拜託，別讓他們坐在我旁邊，拜託，別讓他們坐在我旁邊。』你知道我的意思吧？」

「沒錯。」

「我們現在就是那些人。」

---

35 Lapland，斯堪地那維亞半島最北端。

36 下回見。

斯佩羅天竺葵怒放，處處可見一簇簇鮮紅粉嫩的花朵。我們把雙胞胎抱進嬰兒車，推著車子沿街走上山坡，我們邊走邊吃冰棒，還讓雙胞胎在一個滿是灰塵的公園玩耍，雙胞胎冒著暑氣，搖搖晃晃地走來走去。村民們對著我們微笑；太陽低垂天際，日光漫過葡萄園。傍晚時分，我們享用披薩，把我們旅館房間調到一個只有美國人覺得心安理得的溫度。

凌晨三點，滿月有如一隻眼睛從窗外瞪視。歐文在手提型嬰兒床裡哭泣。我拉上窗簾；我揉揉他的背。其後半小時，我在浴室裡輕輕搖著他、哄著他。即使隔著窗簾，月光依然明亮到讓人以為散發出熱氣。

昨天我在羅馬的自助售票機前面排隊購票時，一名頭髮沾了泥巴、臉上三道汙泥的女子跟排在我前面的男子搭訕，他拒絕給她半毛錢，她大聲詛咒，腳步凌亂，我看得出來她最後一絲自制力好像一根生鏽的鐵絲似的瀕臨斷裂，她閉上眼睛，張開眼睛，朝著男人的腹部用力打了一拳。他搖搖晃晃，幾乎跌倒。當她拿起一個特大的啤酒瓶丟向男子，我猶豫地伸出一隻手，奇蹟似地，酒瓶居然沒破，瓶子從男子腳邊彈開，叮叮噹噹滾過地板，我們三人看著酒瓶翻滾了兩圈，慢慢停止，瓶裡還有幾滴啤酒。

敵意，暴怒——這些山城四周建了城牆，其實不無道理。兩千兩百年前，漢尼拔和迦太基人在圖歐洛（Tuoro）的山丘屠殺了軍團，其後則是擁護教宗的歸輔派大軍、倫巴底人、斯波萊托的公爵、專制的教廷、文藝復興初期各個削瘦殘酷的皇親貴族、遊走於山中城鎮的亡命之徒。義大利各地的旅遊局張貼著托斯卡尼和翁布里亞的照片，照片中，向日葵迎風招展，柏樹狀似寂寥，村中一扇扇黃褐的百葉窗，應允旅客靜謐與安寧——精心調製的豬肉，燦爛的陽光，浪漫的戀情，葡萄園和橄欖樹，濕壁畫與慶典。但是殘暴的往事隱匿在岩石之間。六十年前，離我們僅僅五公里的弗利諾（Foligno）被砲彈夷為平地。米尼亞諾（Mignano）、聖伯多祿（San Pietro）、聖維多雷（San Vittore）等山城在戰時全被炸得蕩然無存。卡西諾（Cassino）也無法倖免，德國人、美國人、紐西蘭人，波蘭人，成群葬身在城中那座古老修道院下方的岩石之間，跟我們下榻同一間旅館的波蘭觀光客，說不定是那些波蘭士兵的子孫。

義大利讓我學到了什麼？大概是別抱太多期望。三架噴射機隨時可能呼嘯飛過公寓屋頂，尿片隨時可能無緣無故地散開，小寶寶隨時可能吵著不願午睡。大眾運輸系統的員工想罷工就罷工。任何地方都可能滾出一個乞丐的錫罐。你期望出太陽，結果下了雨。

就近細看，如詩如畫的景觀不免露出些許破綻，說不定卻因而比較有趣。在我們小小的旅館房間裡，我坐在馬桶蓋上，歐文的頭靠在我肩上，有時，他的頭皮聞起來像是潮溼的生米，有次像是溼淋淋的落葉。今晚，他的頭皮聞起來像是夏季深沉、冰涼的湖泊。

山城陷入夢鄉；他小小的心臟頂著我的胸膛，撲撲跳動。

我們離開義大利三天之前，羅馬賜予我們一個清涼的夜晚。我一夜好眠，自從雙胞胎出生以來，我從來沒有睡得這麼香甜。我做了一個夢，夢中，我站在一株傘松下，大樹頗似湯姆．安德魯斯研究室窗外的那株傘松，但不知怎麼地，我變成了大樹：我感覺微風吹過針葉，就像微風輕拂手臂上的細毛。我一轉身，傘松也轉身。亨利和歐文走過來，站在我的樹幹下，解開他們的外套，小小的白鳥拍拍翅膀飛了出來。我把手往下伸，鳥兒們和男孩們攀爬到我身上。我們遙望遠方一個浩瀚無邊的白城，銀白的圓頂在神殿之間閃閃發光，斜斜的光影從雲朵之間傾瀉而下，群群天鵝優游於金屬般光滑的湖面，有如一個個雪白的圓點。

中午，蕭娜和我坐在花園裡享用夾了莫札瑞拉起司和新鮮番茄、淋上幾滴陳年葡萄酒醋的三明治，微風帶點暖意，雙胞胎在附近的樹下搖搖晃晃地踏步，撿拾掉落在地上的黃杏，偶爾放進嘴裡咬一口。我們聊了一會兒，從頭到尾完全沒有受到干擾，雙胞胎依然乖乖玩耍——他們什麼都不需要，我們不必追著他們跑，他們不需要牛奶，也不需要我們哄騙。我們不必付錢給保母，卻有辦法在他們醒著的時候交談十五分鐘，這說不定是我們頭一次享有此等殊榮。

一朵朵蓬鬆、乳白的雲朵飄過天際，樹葉輕聲啪啪搖動，我心中忽然升起一股浩大的喜悅，過去這一年的觀察與感受可說是無窮無盡：不僅只是椋鳥之美、教宗之死，或是親眼見證我們的雙胞胎搖搖學步，還有小巷裡烤肉的香味、教堂臺階上乞丐那雙漆黑黃褐的眼睛，或是一顆蒲公英的種子靜悄悄地飄落在電車裡一位修女的修道服上。過去這一年充滿了千億個這種時刻；它們注滿了回憶的閘門，溢出了札記的邊界。物理學者怎麼說來著？即使在一個有限的界面之內，也包含著無限的尖點。

但是今天我置身陰涼的草地之間，感覺圓滿、完整而甜蜜。那種感覺就像是一面稜鏡慢慢翻轉，世界緩緩回復完整的風貌。潔白的雲朵映著蔚藍的天空，雲朵的輪廓是如此清晰，似乎比任何一刻更加分明。

亨利和歐文出生的那個清晨，我離開醫院，騎著腳踏車穿過泥濘的積雪，走上門廊，拿取信件——其中包括那封促成我們前往羅馬的信函——走進家中。我記得當我走過大門，發現家中種種物品並未因為我當了爸爸而變了模樣，不禁相當訝異：沙發上擱著一本頁面朝下的雜誌，桌上擺著一個花瓶，插上超市買來的雛菊，冰箱上貼著姪子和姪女的照片，一切都跟我們二十幾個小時之前離家之時一模一樣。稍早夜裡，當歐文在他媽媽懷裡哭泣，當亨利在加護病房、護士們靜靜地繞著他打轉、機器在布幕後方叮叮作響，我以為一切都將改觀，我們昔日的生活將被銷毀，事事物物絕對不可能仍是老樣子。但眼前是我的書本、電腦、尚待回覆的電子郵件，樓梯依然鋪著同樣的褐色地毯，那一籃髒衣服依然等著清洗，兩張全新的嬰孩睡籃依然包在塑膠袋裡，等著雙胞胎回家。

公寓時光是我們的往昔：在舊生活之中，我們有時間完成大部分工作，好好沖個澡，記得幫植物澆水。一公里外的醫院是我們的未來：在新生活之中，蕭娜需要嗎啡，兩個小寶寶每三小時就得吃奶，一個小男嬰躺在塑膠玻璃的嬰兒保溫箱裡，有人必須為他送上母乳，幫他注射點滴，用紫外線燈幫他保溫。

我記得當時心想：我們得想出法子，設法融合新舊生活。

一年多後，我們有時依然累得無法思考。有些午夜，我依然以為自己把牛奶倒進奶瓶，其實卻是倒在流理臺上，濺灑四處。昨天我花了五分鐘試圖想起我爸媽的郵遞區號。但是生活之中，也有像是今天這樣的清晨：我們醒來，意識到自己一覺睡到天亮，我們漫步走過花園，好像生活再度如常，好像我們終於學會這個奇異、優美的語言。

湯姆．安德魯斯曾在他的詩作之中請求天主，「讓我罹患注意力過剩症，這樣一來，我才看得見眼前有些什麼。」我會試著永遠記住羅馬耆老們一雙雙凝視著歐文與亨利的眼睛，他們看著嬰兒車裡的雙胞胎，似乎慢慢認出了什麼，眼中盈滿欣喜。青春帶來蛻變，他們說不定比任何人都清楚地感受到這股魔力。他們拄著手杖傾身。他們想要靠近一點。

從某個層面而言，過去這一年，我們遭逢跟羅馬一樣的困境：如何在新舊之中尋求平衡，如何將過去導入未來。

我但願自己多交幾個義大利朋友。我但願我們曾邀請瑪麗亞共進晚餐，這位在義大利麵條專賣店工作的女子叫我們的亨利「Enrico」，每次我們走進店裡，她就把亨利從嬰兒車裡抱出來，讓櫃檯後面的眾人輪流抱抱他，她喜歡夏天租部露營拖車，朝北開進瑞士山區，她長相甜美，有點意氣消沉，倒不是因為生命的不測，而僅僅是因為時光的流逝，她兩隻指頭貼著下唇，給我們看看她兒子的照片，照片中的少年大約十二、三歲。

我但願我曾花三、四天探索我們露臺上看得見的阿爾巴諾山丘，踩踏山間的積雪，在小小的農舍裡啜飲白酒，一邊享用田螺，一邊隔著河谷遠眺霧濛濛的羅馬。我但願我曾一早從翁布里亞出發，帶著滿滿一袋三明治，跳進租來的獨木舟，沿著臺伯河一路漂回羅馬，爬出獨木舟，走回家中。我但願我曾在佛羅倫斯西方的濱海地區馬雷瑪（Maremma）住一晚，據說那個濱海地區傘松林立，一片片林木矗立在海灘旁，延綿數公里。

我但願我曾請求修士准許我們只拿著一截蠟燭，沒有手電筒，天花板上沒有燈泡，進入亞壁古道（Appian Way）其中一座教堂的地下墓穴，讓我們摸黑慢慢越過一間間古老的地下石室，石壁冰涼濕滑，地底小徑朝向四方延展，千百座墳墓悄悄晃過，小小的石製墓架上擱放玻璃管，管中盛放著殉道者鮮血，四下伸手不見五指，只有一朵閃閃爍爍的火花引導我們。

我但願我曾想出法子商請教宗若望．保祿二世為亨利和歐文祈福，他們仰頭，小臉望向他，他戴著戒指、蒼老年邁的十指微微顫動，往前一伸，拂過兩兄弟的額頭。

我們離開義大利的兩天前，一家遊客走過學院前方，問我帕歐拉大噴泉怎麼走。他們講義大利文，但看起來像是觀光客，有點迷路，雙腳痠痛，趕來趕去，卻不知走向何處。說不定是北歐人。

「跟我走，」我說。我們往下走，左轉，眼前出現鐵鍊圍成的藩籬，以及水聲隆隆的藍色噴泉。他們站在噴泉對面的圍欄旁，張口結舌地探身欣賞眼前的景觀。爸爸翻尋背包，摸出一臺照相機，我們下方是漆黑、狀似圓盤的萬神殿、貝佳斯公園（Villa Borghese）迎接觀光客的藍汽球、維托里亞諾．艾曼紐二世紀念堂、成群成簇的屋頂：這不就是羅馬嗎？身後的清水嘩嘩飛濺，下方的羅馬曲曲折折；上方的雲朵緩緩飄揚。

「*Eccolo!*」年紀最小的女孩揮著手說。「*Ecco Roma!*」這就是羅馬。

塔希最後一次過來上班。她還沒找到新工作。「剛來義大利的時候，」她說，「我想找一份旅館的工作，比方說櫃檯小姐，或是禮賓服務人員。廣告上說求職者必須英文流利，但當他們把我叫進辦公室、看著我，他們甚至不想聽我說話。他們說：『不，我們要找那些英文是母語的求職者。』」

親切、美麗的塔希：最近她帶著亮綠的常春藤葉來我們家，讓雙胞胎輕輕撫摸一片片跟紙張一樣大的藤葉。

到了她該道別時，我們三個大人哭成一團。蕭娜把現金和一張謝卡塞進塔希的皮包裡，好像這下不知怎麼地，我們或許可以求個心安，不必多想她的處境遠比我們困難，好像幾張百元美金的鈔票就可以減低她覓職的辛苦，方便她找到另一個上不了檯面的工作，幫助她每星期把錢匯給她在菲律賓的兒子——那個今年十四歲、與她相隔一萬三千公里、幾乎已經三年沒見過他容貌、沒摸過他頭髮的孩子。

我們從床上扯下毛毯送給她；我們把多餘的碗盤送給她。我必須說服蕭娜別把我們銀行裡剩餘的存款一併送給她。

我冒著暑氣，最後一次站在肉鋪外面等候。三位女子排在我前面，年紀最大的一位轉身，朝著嬰兒車彎下腰。

「*Sono gemellini?*」

是的，小雙胞胎。

「*Che belli*，（好漂亮，）」她說，然後講了一長串連珠炮般的義大利文。我只聽懂一點點，好像是關於她隔壁的公寓、她自己的小孩。她似乎同時講述幾件事情，雙手不同揮舞，彷彿把紗線送進一部隱形的織布機。她講到雙胞胎女孩、跑車、耶誕夜的一通電話。

她花整整一分鐘堆砌她的故事。字字從我耳邊飛過。我聽到「花朵」；我聽到「一條麵包」。這會兒她靠了過來，食指對著我比畫，我早已放棄請她講慢一點。

我前面的女士們帶著她們買的東西離開。肉販把一塊小牛里肌肉重重甩在砧板上，大聲叫喚：「西蒙拉妮女士？」她伸出食指朝他一比，輕輕搖一下，縮回指頭，嘴裡依然連珠炮似地講述故事。這會兒故事漸漸進入高潮，我可以看到她圓弧鏡片後面的雙眼開始冒出淚水。

她突然暫停，咬咬下唇，陷入回憶的渦旋之中。

「好漂亮，」她說，「那些女孩。」

我試試：「聖誕節的時候？」

她一聽點點頭，哭得更厲害，淚珠一顆接著一顆滾下臉頰，肉販又叫了一次她的名字，她抬頭一看，眨眨眼睛，花了幾秒鐘才回過神來，叮囑他把肉切薄一點。

雙胞胎一邊看著她，一邊喝他們的牛奶。

「*Santo Cielo*，」我終於說，老天爺啊，因為這話有時讓義大利人露出微笑。她從皮包裡掏出一條手帕，擦擦眼睛。我該擁抱她嗎？我什麼都沒做。我眨眨眼。肉販跟她說小牛肉九歐元，她把一大堆銅板倒在櫃檯上，他挑揀她應該支付的金額。

她親親雙胞胎，說聲再見，轉身離開。

最後一個早晨。天空蔚藍，幾近墨黑，豔陽高照，光照萬物。我走到湯姆．安德魯斯研究室，最後一次在這間研究室裡閱讀書寫。羅倫佐坐在警衛亭裡，一隻腳跨在另一腳上，眼睛盯著上方的電視，跟我揮揮手。中庭的噴泉靜悄悄地冒著清水；最後幾朵盛開的茉莉花，懶洋洋地垂掛在枝頭。

我踢踢躂躂地走過樓上長長的過道、筆直的紅地毯和一間間研究室。鑰匙。白門。窗戶，凌亂的小床，桌上一枝用壞的鉛筆。

我翻開筆記簿。我凝視窗外傘松的枝幹。我憑著記憶，想像自己走過特拉斯特維雷區，越過臺伯島的溪流，爬上一個雜草叢生、名為「Clivo di Rocca Savella」的人行坡道。這個坡道我只走過一次，但此時此刻，我坐在桌前，眼前卻清楚地浮現坡道的景象：綠意漫過石牆，磚塊水漬斑斑，磚石之間日光瀅瀅，扶壁沿著兩側延展，碎石地布滿毛茸茸的青苔。

登上坡頂，亞汶丁山丘（Aventine Hill）綠樹成蔭，寂靜無聲；一棟棟裝了百葉窗的屋宅悄悄消失在身後。我右轉，很快就走到街道盡頭的廣場。廣場西北側、埃及領事館的對面，一扇上了鎖的綠門擋住入口，阻隔人們進入馬爾他騎士修道院後方的花園。綠門的油漆斑駁，黃銅鎖具被四根螺絲釘固定在門上，周邊已失去光澤。我往前一靠，一隻眼睛貼上鎖孔。

從橢圓的鎖孔望進去，眼前是兩排平行的樹籬，樹籬的頂端交錯，有如一道拱頂的長廊，其間是全世界最令人讚嘆的美景之一。你的視線高高越過馬克西穆斯競技場（Circus Maximus），繞行雅尼庫倫山丘，飄向約莫一公里之外，停駐在聖彼得大教堂的圓頂。這座壯觀的大教堂，曾令亨利．詹姆斯感嘆「一看就再也想不出有什麼宏偉可堪比擬」，但由這個鎖孔望去，大教堂卻只像個玩具，有如一個模糊不清的娃娃屋。小小的圓柱矗立於鐘樓之上，最為顯眼，一片松林遮掩了教堂的下半部，看來迷濛。

若是能夠拿把鑰匙插進鎖孔，用力推開鐵門，我就可以拔起聖彼得大教堂，小心翼翼擺在掌心。

以樹籬作背景，效果奇佳：樹籬襯托大教堂，就像是鄉間襯托羅馬——一側是阿爾巴諾山丘，另一側是塞賓山丘，城牆之外，一畝畝田野、一排排樓房、一處處廢墟綿延伸展，遠處隱隱泛著橘黃、青紫、嫩綠的光影，夕陽西下，天空藍黑，渠道、葡萄園、橄欖林環繞著羅馬，圈住它，蓋住它。

帝國與時光，建築物與雜草。羅馬既是浩大，卻也微小。

微風輕輕飄過研究室的玻璃窗，吹皺筆記簿的頁張。我回過神來，凝視前方。羅馬自古至今，從伊特魯里亞人、老普林尼、卡拉瓦喬，直至教宗若望·保祿二世、亨利、歐文，唯一不變的光：晨光，暮光，偷偷摸摸、無聲無息地漫過萬物，萬物因而重展嬌顏，輕聲說道：我在這兒！我在這兒！這就是羅馬！太陽迸出萬道光芒，日光如閃電般竄過太空，繞過金星，八分鐘內抵達地球，感覺卻是永恆不朽，無止無盡——它無以名之，捉摸不定，飛速掠過一億五千萬公里毫無阻礙、伸手不見五指的真空，如同碎浪般打上一道牆壁、一個簷口、一根石柱。光影漫漫，鋪畫出鋸齒狀的光點，盈盈閃閃，交織出獨特的質感。在光的烘托下，羅馬的輪廓更是分明。

銅板由投幣孔落下；照明方盒喀噠一亮。

當我們吃下牛排，我們吸收它的蛋白質，身體的一部分變成了牛。吃下朝鮮薊，身體的一部分變成了朝鮮薊。喝下一杯橘子汁，身體的一部分變成了橘子樹。事事物物終究受到汙染：從喝下第一口乳汁，我們就失去原生的純淨。世界不純淨，時間也不純淨，我們則始終貪得無饜，需索無度。

我不知道這個道理是否適用於羅馬的光：如果我們的眼睛吸取了足夠的光，如果我們的視線久久停駐於某樣事物，說不定我們可以將它併入。說不定它會變成我們的一部分。說不定它會在我們體內閃閃流竄，不斷映照，讓一切浸淫其中。

萬神殿穹頂的圓眼窗口，聖彼得大教堂的圓頂，傘松一簇簇樹冠，馬爾他騎士修道院花園外那道綠門的鎖孔——這些全都是天主之眼。我們透過它們觀看；它們透過我們觀看。世間萬物的藍圖皆源自於光。

明天，我們將返家。博伊西似乎單純多了，最起碼暫時感覺如此——每一個地址都以英文書寫，每一個路標都可以辨識，超市的每一種蔬果都大小一致，有如白蠟般光滑。商店將會依照營業時間開門，我說不定好幾個禮拜都不必看地圖找路。雙胞胎若是生病，我們知道帶他們到哪裡看病，也不必撥幾十個號碼求助於我們的朋友。

我心想，說不定返家就像從一場漫長、繁複的夢中醒來，你意識到你在自己的臥房裡，周遭一切跟以前完全相同，但是這會兒感覺有點陌生，說不定也有點失望。

羅馬已經見證許多藝術工作者來來去去，也在他們心中留下不同的印記，我幾乎不值得一提，甚至跟一片草葉同樣微不足道。唯有羅馬及其象徵的理念——比方說「羅馬美國學院」——足稱歷久彌新，比任何一位曾經到訪的人士都經得起時間的考驗。人們暫居於此，全心投入，而後四季更迭，人們隨著時間的腳步匆匆離去。羅馬不屬於任何人，幾乎也不屬於物質世界。它存在於屋宅之間、草坪之下；它勒令它的訪客們不得識別其中隱藏著什麼。

想想那些作家：但丁、拜倫、華頓、卡爾維諾、鄧南遮[37]、莫拉維亞[38]、帕索里尼[39]。歌德在羅馬打破他禁慾的誓言。濟慈把他的屍骨葬在羅馬。霍桑在羅馬見到他的大理石牧神。狄更斯、亨利・詹姆斯、伯納德・瑪拉末[40]。聖奧古斯丁。奧維德[41]。維吉爾。賀瑞斯。西塞羅。老普林尼。光是看看哪些作家曾在我這間研究室，或是走廊盡頭的那些小房間閱讀書寫，就像是瀏覽一本本經典名著的書脊：威廉・史泰隆、約翰・西亞迪、哈洛・布洛基、安・賽克斯頓，還有據稱曾經試圖在樓下廚房烹調豬腳的雷夫・艾里森。湯姆・安德魯斯曾經在此伏案書寫，手臂的汗水同樣滴入這張木桌的桌面。羅伯特・佩恩・沃倫的太太伊蓮娜・克拉克拿到一筆獎助金，前來羅馬撰寫她的第二本小說，但是她很快就發現羅馬占了上

---

37 Gabriele D'Annunzio，1863 –1938，二十世紀著名的義大利詩人。

38 Alberto Moravia，1907–1990，二十世紀義大利最重要的新寫實主義小說家。

39 Pier Paolo Pasolini，1922–1975，二十世紀極具爭議的義大利導演，多才多藝，兼具詩人、劇作家、小說家、評論家等身分。

40 Bernard Malamud，1914–1986，美國當代最重要的猶太作家之一。

41 Ovid，全名Publius Ovidius Naso，西元前四十三年—西元十八年，古羅馬著名的詩人，代表作為《變形記》。

風。「那本小說啊，」她日後說道，「頂多撐了兩星期。」

這麼多字句啟蒙於一地、描繪著一地——有誰膽敢再偷偷加上一句？

我什麼都不明白。我在羅馬住了四季，卻始終跨不出自己和義大利之間的那道閘門。無論從哪一方面而言，我絕對不敢宣稱自己成了羅馬人。但我無法制止那股提筆書寫的衝動，我無法不在筆記簿裡寫下膚淺的見聞。

Roma，人們說，non basta una vita。窮極一生，也難以盡攬羅馬。

臺伯河緩緩流經橋下，另一位教宗醒來，套上白麻布聖衣，暑氣朝向子午圈攀升。四季自有循環。地球已經慢慢偏離太陽；夜晚愈來愈清涼。再過不久，煙囪刺尾雨燕將飛往非洲，榆樹將褪下枝葉，雪花將染白山丘。

餐廳裡，廚師們烹調拿手的馬鈴薯麵疙瘩、酥脆花枝、炭烤麵包、薄片牛肉沙拉。市場上，販賣蔬果的女士們堆疊她們的黃杏，扯扯她們的黃金節瓜花。顧客們推著他們的購物車，耆老們用手杖輕輕敲打著溝渠，臉色白皙、一身黑色長袍的修士們一邊輕聲耳語，一邊走過圓柱矗立的長廊，美麗的女士們足蹬三吋高跟鞋、昂首闊步地走過碎石地。觀光客抬頭凝視，望穿萬神殿的圓眼窗口。火車站旁，塔希緩緩走過她的公寓，心知此生很可能再也見不到亨利和歐文。

薄暮時分，羅馬零零星星地在樹梢之間露面，好像點點滴滴的夢境。今天晚上，街道將把陽光裡的熱氣擲回空中，人行道和屋頂散發出柔和的光采，宛如海市蜃樓，常春藤隨風飄揚，車輛熙熙攘攘，風扇迴旋，白雲飄渺，事事物物，時時刻刻，羅馬永恆不朽。

我闔上筆記簿，邁步沿著走廊前進，走向家中。

獻詞

John Hartmann特准我們取用幾幅精美絕倫的素描，在此致上誠摯的謝意；Rosecrans Baldwin和*The Morning News*（www.themorningnews.org），謝謝諸位協助我構思、改進、發表一篇篇羅馬隨筆；任職Melville House Publishing的Becky Kraemer，多虧妳的勸服，我才相信我這些札記或許值得集結成書，在此特別致謝；Laura Gratz-Piasecki一家、Steve Heuser、Jennifer Heuser、Cristiano Urbani、Sarah Kuehl、Ben Trautman、Azar Nafisi，謝謝諸位的友誼協助與熱情款待。謝謝「羅馬美國學院」的每一位研究員，尤其是Lisa Williams和George Stoll；Lester Little和Lella Gandini，謝謝兩位秉持專注，嫻熟執掌「羅馬美國學院」。謝謝保母塔希為我們所做的一切。謝謝我的爸媽、兄弟、Hal Eastman、Jacque Eastman、Dana Prescott、Lorenzo、Norm、G.P.、Pina；謝謝「美國藝文學院」和「羅馬美國學院」給予作家們如此難得的贈禮；謝謝Oberlin College Press特准我引用湯姆・安德魯斯的詩句；Emily Forland、Emma Patterson、Anna deVries、Clare Reihill，謝謝諸位的溫情

關切；Nan Graham，謝謝妳始終支持我、相信我；Wendy Weil，謝謝妳始終了解我；最後我當然必須謝謝我的太太蕭娜，若是少了她，這個世界不成世界，羅馬也不可能是羅馬。

書中若有任何錯誤，而我也確知必有疏漏之處，完全歸咎於我。

參考書目資料

秋季

Epigraph Pliny, *Natural History*, trans. H. Rackham (Cambridge, MA: Harvard University Press, 1942)

Pliny, *Natural History*, trans. John F. Healy (New York: Penguin Classics, 2004), bk. 28, p. 256.

Pliny, *Natural History*, trans. D. E. Eicholz (Cambridge, MA: Harvard University Press, 1942), bk. 36, chap. 1, 10:3–4

João Magueijo, *Faster Than the Speed of Light: The Story of a Scientific Speculation* (New York: Perseus Books, 2003), 31.

Michael Breus, "Chronic Sleep Deprivation May Harm Health," http://www.webmd.com/content/article/64/72426.htm.

Nicholas Wade, "Ideas & Trends; Prime Numbers: What Science and Crime Have in Common," *New York Times*, July 27, 2003.

Neel Mukherjee, "Dream Lover," *New York Times*, November 7, 2004.

Simon & Schuster's Guide to Trees (New York: Simon & Schuster, 1977), Plate 34.

The Log of Christopher Columbus, Robert H. Fuson, ed., trans. (Camden, ME: International Marine Publishing Company, 1987).

Tom Andrews, "Ars Poetica," *in Random Symmetries: The Collected Poems of Tom Andrews* (Oberlin, OH: Oberlin College Press, 2002): 84.

冬季

Charles Dickens, *Pictures from Italy* (New York: Penguin Classics, 1998).

Cassius Dio, *Roman History*, bk. 54, chap. 23. Available at: http://penelope.uchicago.edu/Thayer/E/Roman/Texts/Cassius_Dio/54*.html.

Elin Schoen Brockman, "A Monument's Minder," *New York Times*, June 27, 2004.

From a letter to the magazine *New Scientist* 162, no. 2188 (May 29, 1999): 55.
Goethe, *Italian Journey*, 445–76, http://www.romeartlover.it/Goethe.html.
History of Rome, bk. 1, chap. 36.
Pliny, *Natural History*, trans. Rackham, bk. 10, chap. 14, 3:313.
Pliny, *Natural History*, trans. Healy, bk. 28, chap. 2, p. 252.
Pliny the Younger, *The Letters of the Younger Pliny*, trans. Betty Radice (New York: Penguin Classics, 1969), 168.
Plutarch of Chaeronea, *Life of Julius Caesar*, trans. Robin Seager, chap. 61.
Tacitus, *Tacitus on Britain and Germany*, trans. H. Mattingly (New York: Penguin Classics, 1948), 52.
Trevor Norton, *Underwater to Get out of the Rain* (Cambridge, MA: Da Capo Press, 2006), 25.
Virgil, *Aeneid*, bk. 9.

春季

Eleanor Clark, *Rome and a Villa* (South Royalton, VT: Steerforth Italia, 2000), 335.
Johann Wolfgang von Goethe,"*Roman Elegies I.*"
Peter Pesic, *Sky in a Bottle* (Cambridge,MA: MIT Press, 2005), 26.
Pliny, *Natural History*, trans. Rackham, bk. 7, chap. 6, 2:535.
http://www.cnn.com/2005/WORLD/europe/03/06/il.manifesto/.

夏季

Clark, *Rome and a Villa*, 314.
Henry James, Italian Hours (New York: Penguin Classics, 1995), 134.
Pliny, *Natural History*, trans. Rackham, bk. 9, chap. 17, 3:195.
Pliny, *Natural History*, trans. Healy, bk. 37, p. 376.
Tom Andrews, "North of the Future," *in Random Symmetries* (Oberlin, OH: Oberlin College Press, 2002), 264.

藍小說 272

羅馬四季

作者—安東尼・杜爾
譯者—施清真
主編—嘉世強
編輯—張瑋庭
企劃經理—何靜婷
封面設計—蔡南昇
內頁排版—極翔企業有限公司

發行人—趙政岷
出版者—時報文化出版企業股份有限公司
10803台北市和平西路三段二四〇號三樓
發行專線—（〇二）二三〇六—六八四二
讀者服務專線—〇八〇〇—二三一—七〇五
（〇二）二三〇四—七一〇三
讀者服務傳真—（〇二）二三〇四—六八五八
郵撥—一九三四四七二四時報文化出版公司
信箱—台北郵政七九～九九信箱

時報悅讀網—http://www.readingtimes.com.tw
電子郵件信箱—liter@readingtimes.com.tw
法律顧問—理律法律事務所　陳長文律師、李念祖律師
印刷—勁達印刷有限公司
初版一刷—二〇一七年十一月十七日
定價—新臺幣三〇〇元
（缺頁或破損的書，請寄回更換）

時報文化出版公司成立於一九七五年，
並於一九九九年股票上櫃公開發行，於二〇〇八年脫離中時集團非屬旺中，
以「尊重智慧與創意的文化事業」為信念。

羅馬四季 / 安東尼・杜爾（Anthony Doerr）著；施清真譯．– 初版．
– 臺北市：時報文化, 2017.11
面；　公分．–（藍小說；272）
譯自：Four Seasons in Rome
ISBN 978-957-13-7209-9

874.57　　106020302

Four Seasons in Rome:
On Twins, Insomnia, and the Biggest Funeral in the History of the World by Anthony Doerr
Copyright © Anthony Doerr, 2007
Published by arrangement with ICM Partners
through Bardon-Chinese Media Agency
Complex Chinese edition copyright © 2017 China Times Publishing Company
All rights reserved.

ISBN 978-957-13-7209-9
Printed in Taiwan